हंसी रोक कर दिखाओ

अनिल अग्रवंशी

डायमंड बुक्स
www.diamondbook.in

प्रकाशक : डायमंड पॉकेट बुक्स (प्रा.) लि.
X-30, ओखला इंडस्ट्रियल एरिया, फेज-II
नई दिल्ली-110020
फोन : 011-40712200
ई-मेल : sales@dpb.in
वेबसाइट : www.diamondbook.in
संस्करण : 2023
मुद्रक :

Hansi Rok Kar Dikhao
by *Anil Agravanshi*

समर्पित

परम पूज्य मात-पिता व परम श्रद्धेय गुरुदेव श्री छोटे लाल जी को सादर समर्पित

विशेष दायित्व:-

संस्थापक प्रधान- श्री साहित्य सरगम रजि.
राष्ट्रीय मुख्य सलाहकार- राष्ट्रीय कवि संगम
चेयरमैन साहित्य समिति- दिल्ली ग्रेन मर्चेंट एसो.
राष्ट्रीय संयोजक कला एवं साहित्य क्षेत्र- अखिल भारतीय अग्रवाल सम्मेलन।

विशेष आभार:-

अग्रज भ्राता श्री कृष्ण कुमार गोयल जी, गुरु माता विमल जी, पत्नी रश्मि, सुपुत्र आयुष एवं आदित्य।

विशेष आशीर्वाद:-

गुरुदेव स्व. श्री सर्वेश चंदौसवीं, श्री अशोक चक्रधर, श्री हरिओम पंवार, श्री घनश्याम अग्रवाल, श्री मंगल नसीम, श्री जगदीश मित्तल एवं देश के समस्त वरिष्ठ कविगण।

विशेष सहयोग एवं स्नेह:-

श्री कुमार विश्वास, श्री शैलेश लोढ़ा, श्री सम्पत सरल, श्री विनीत चौहान, श्री तेज नारायण बेचैन, श्रीमती सीता सागर, श्रीमती कीर्ति काले, श्रीमती सरिता शर्मा, श्रीमती मधुमोहिनी, श्रीमती ऋतु गोयल, श्री विनय विश्वास, श्री गजेन्द्र सोलंकी एवं समस्त कविगण।

लेखकों की नज़र में अनिल अग्रवंशी

अनिल अग्रवंशी की पांडुलिपि मेरे पास है इसकी सबसे बड़ी खास बात यह है कि मैंने इसे पढ़ना शुरु किया तो पूरी पांडुलिपि एक बार में ही पढ़ ली वरना अक्सर हम एक-दो कविताएं पढ़कर ही किसी की पुस्तक की भूमिका लिख देते हैं और प्रशंसा कर देते हैं। अनिल को मैं कई वर्षों से मंच पर सुनता रहा हूँ। उसके व्यक्तिगत गुणों की बात करूँ तो, वो एक बहुत अच्छा इन्सान है, एक अच्छा बिजनेसनमैन है, संगीत का बहुत अच्छा ज्ञाता है और एक बहुत बड़े संगीतकार स्व: श्री छोटे लाल जी का शिष्य है। उसने संगीत की शिक्षा प्राप्त करके गायन व वादन की डिग्रियां प्राप्त की हैं। उसने मुकेश गायन प्रतियोगिता में दिल्ली का प्रथम पुरस्कार भी प्राप्त किया है। आप एकाध चीज में तो सफल हो सकते हैं, यदि हर चीज में दक्षता हासिल कर लें तो यह बहुत बड़ी बात है। उसने अपनी संस्था के माध्यम से कवियों व वंचित वर्गों के लिए बहुत सराहनीय कार्य किये हैं।

यदि किसी के भीतर कटुता भरी हो तो वह अच्छा हास्य कवि नहीं बन सकता है, वह हास्य करता है, उपहास नहीं करता। उसने अपनी कविताओं में स्वयं पर हंसी जाहिर की है यह हास्य का सबसे श्रेष्ठ उदाहरण है। उसकी लगभग 31 कविताओं में इस पुस्तक में हास्य के साथ व्यंग्य व प्रेरणा भी है, जो समाज की कमियों पर बड़ी शालीनता से प्रहार करता है। उसने किसी मक्सद से हंसाया है, चाहे वह **बाबा, शादी, फिजूल खर्ची पर हो या शिक्षा व्यवस्था पर हो** कविताओं से विशुद्ध हास्य ही निकला है। कहीं भी फूहड़ता नहीं है, कहीं भी व्यर्थ संवाद नहीं है, यह उसकी सफलता है। प्रिय अनिल ने समाज के किसी भी वर्ग को चोट नहीं पहुंचाई। आज उसके लाखों प्रशंसक हैं। यह पुस्तक मुझे अत्याधिक पसंद आयी है इसलिए निश्चित ही साहित्य में रूचि रखने वाले समस्त पाठकों को पसंद आएगी।

वैश्य समाज से आने वाले, श्रेष्ठ कवि काका हाथरसी व घनश्याम अग्रवाल के बाद अनिल अग्रवंशी इस पीढ़ी के श्रेष्ठ हास्य कवि हैं। इसके लिए उसे अनंत हार्दिक बधाइयां देता हूं। उसका यह प्रयास निरंतर जारी रहे। हम उसकी अगली पुस्तक का बेसब्री से इन्तजार करेंगे।

पद्मश्री कवि सुरेंद्र शर्मा

इस समय अन्तर्राष्ट्रीय स्तर पर अनिल की कविताओं का प्रभाव दिखाई देता है। बहुत खुशी होती है जब आने वाली पीढ़ी ऐसे शिखर पर दिखाई देती है। अनिल का अंदाज सबसे भिन्न व निराला है। उसका हास्य सहज व प्राकृतिक है, अनिल बहुमुखी प्रतिभा का धनी कवि है। उसने गुरु छोटे लाल जी (दूरदर्शन पर मुख्य संगीत रचयिता) के चरणों में बैठकर गीत व संगीत की शिक्षा प्राप्त की है, उसकी साधना व तपस्या के कारण से ही उसे लय, ताल, छन्द आदि का भरपूर ज्ञान है। उसके लिखे कई गीतों को छोटे लाल जी ने संगीत बद्ध किया है जो टी.वी चैनलों पर प्रसारित किए जा चुके हैं। मैं हर्षित हूँ कि आज अनिल अग्रवंशी हास्य कवि सम्मेलनों की आवश्यकता बन गया है। मेरी ओर से उसे अनन्त बधाई एवं शुभकामनाएं।

सदी के श्रेष्ठम गीतकार संतोष आनंद

अनिल अग्रवंशी कविताओं में बारीकियां सीखने के प्रति हमेशा जिज्ञासु रहता है। नई-नई कविताएं, नए-नए विषय पर, नए प्रतिमानों से कविता लिखने में वह एक माहिर कवि है। उसकी अधिकतर कविताएं मंच की बहुत प्रसिद्ध व श्रेष्ठ हास्य कविताओं में एक विशेष स्थान बना चुकी हैं। उसका हास्य नवीन व सहज होता है। उसकी कविताओं में मौलिकता है, एक लय है। **सूर्य भगवान, मोटा पेट, भिखारियों की टोर, पंडित जी की लात, विचित्र पुस्तक, डोगियों की सभा, पुलिस, बच्चों के अंक, मिठाई, बाबा, कवि की शादी व मच्छर** आदि शुद्ध हास्य की सुपरहिट रचनाएं हैं।

एक लम्बे अन्तराल के बाद देश को एक मौलिक कवि अनिल अग्रवंशी के रूप में प्राप्त हुआ है। नवीन विषयों को लेकर उसने नई पीढ़ी में सबसे बेहतरीन कार्य किये हैं। वह गीत, गजल, छन्द, मुहावरे व संगीत में भी पारंगत कवि हैं। अनिल का गायन बहुत ही मधुर एवं श्रेष्ठ है। वह भीतर तक गुद्‌गुदाता है, उसे किसी भी मंच पर सुना जा सकता है। उसकी सभी कविताएं उसे आज की पीढ़ी में अन्य हास्य कवियों से बहुत आगे खड़ा करती हैं। वह माहौल को अपने अनुकूल बना लेता है। वह जुझारु कवि है। आज वह देश के प्रतिष्ठित हास्य कवियों की सूची में अपना महत्त्वपूर्ण स्थान बना चुका है।

हास्य कवि महेंद्र अजनबी

जब तक स्वभाव में हास्य नहीं हो, तब तक हास्य कविता लिखना असम्भव है। अनिल अग्रवंशी का यह काव्य संग्रह मेरे इस कथन की पुष्टि करता है।

बहुत समय बाद अनिल ने एक ऐसी पुस्तक प्रस्तुत की है, जिसमें मौलिक हास्य कविताओं की भरमार है। हास्य की दुनिया में अनिल अग्रवंशी का यह कविता संग्रह एक मील का पत्थर साबित होगा, ऐसा विश्वास भी है और शुभकामनाएं भी।

हास्य कवि अरुण जैमिनी

अनिल की कविताओं में न केवल हरियाणा अपितु भारतीय जनमानस के स्वभाव की मूलभूत मस्ती साकार होती है। वह एक सफल हास्यवादी कवि के रूप में प्रतिष्ठित हो चुका है, वह हास्य से लबालब है। हर दौर में हर क्षेत्र में कुछ नए लोग आते है... पर कुछ विरले ही होते हैं जो अपने साथ जमाने को रोक लेते हैं। बहुत लम्बे अन्तराल के बाद अनिल अग्रवंशी ने हास्य की एक ऐसी मौलिक बंसी बजाई कि वह देश का एक बड़ा व स्थापित नाम बन गया है।

आप अनिल की पुस्तक को पढ़कर हंसी रोककर दिखाओं तो जानू... मेरे प्रिय कवियों में अनिल का बेहद अहम स्थान है। मेरी ओर से बधाई शुभकामनाओं का तमाम भंडार उसे समर्पित है।

हास्य कवि वेद प्रकाश वेद

हास्य रस की सहज, सरल और अद्‌भुत कविताएँ लिखने वाले कवि प्रिय भाई अनिल अग्रवंशी के साथ मेरा लगभग बीस वर्ष पुराना परिचय है। इस दौरान मैंने उनकी काव्य-यात्रा, काव्य-साधना, विलक्षण प्रतिभा, प्रत्युत्पन्नमति और निरंतर सीखने की प्रवृत्ति को लगातार आगे बढ़ते हुए देखा है। अपनी जानकारी और अनुभव के आधार पर मैं पूरी जिम्मेदारी के साथ कह सकता हूँ कि हिंदी काव्य-मंच पर पिछले बीस वर्षों में लोकप्रियता के साथ-साथ जो प्रतिष्ठा भाई अनिल अग्रवंशी ने अर्जित की है वह उन्हें इस दौर के

सर्वाधिक विलक्षण रचनाकारों में शामिल करवाती है। इस उपलब्धि के आधार पर भाई अनिल अग्रवंशी अपना नाम काव्य आकाश पर स्वर्णिम अक्षरों में अंकित करने के हकदार हैं। यदि कोई मुझसे पूछे कि आप उनकी काव्य-यात्रा को किस प्रकार रेखांकित करेंगे तो मैं पूरी जिम्मेदारी और उनके व्यक्तित्व और कृतित्व के विषलेषण के आधार पर कह सकता हूँ कि शब्द, भाव, स्वर, ताल, लय और सम्प्रेषणीयता के एक अद्‌भुत संगम स्थल का नाम अनिल अग्रवंशी है।

प्रस्तुत काव्य-संकलन के प्रकाशन पर मैं अपने हृदय की समस्त गहराइयों से भाई अनिल अग्रवंशी को अनंत शुभकामनाएं प्रेषित करते हुए परमपिता परमात्मा से प्रार्थना करता हूँ कि वह आने वाले समय में अपनी काव्य-रचनाओं से श्रोताओं और पाठकों को निरंतर आप्लावित करते रहें।

कवि डॉ. प्रवीण शुक्ल

प्रिय अनिल अग्रवंशी का सहज व फकीरी स्वभाव है जिसका लक्ष्य केवल हंसी बांटना है। मंचीय प्रस्तुतिकरण उसके श्रोताओं पर देर तक हावी रहता है। उसके आत्मविश्वास से मंच के सभी वरिष्ठ कवि मंच पर अत्यंत प्रभावित रहते हैं। अनिल अग्रवंशी, आज की नई पीढ़ी के हास्य कवियों में श्रेष्ठतम शिखर पर है। उसकी प्रत्येक रचना मंच पर हास्य उल्लास की मीठी बरसात कर देती है। वो एक बेहद जिंदादिल, मिलनसार व पारिवारिक व्यक्तित्व का धनी हैं। सदैव सूरज की तरह चमकने वाले अनिल अग्रवंशी को इस पुस्तक के लिए हार्दिक शुभकामनाएं।

कवि दिनेश रघुवंशी

अनिल अग्रवंशी ने संगीत साधना से शब्द साधना का सफर तय किया। आज वह हास्य-व्यंग्य के लोकप्रिय कवि हैं। अनिल से मिलना एक चलते-फिरते हास्य उत्सव से मिलने जैसा है। वह गद्य और पद्य दोनों प्रारूपों में हास्य सृजन करने की कला बाखूबी जानते हैं। वह ठहाकेदार, श्योर शॉर्ट जमाऊ कवि हैं। मुझे आरम्भ से यह विश्वास था कि वह स्वर्गीय श्री ओम

प्रकाश आदित्य व श्री अल्हड़ बीकानेरी जी की परम्परा को समृद्ध करने वाला एक बड़ा कवि साबित होगा और बहुत ही जल्द मेरा यह अनुमान सत्य सिद्ध हो गया।

वो कई घटें माईक पर खड़े होकर हंसाने का सामर्थ्य रखते हैं। मैं आपकी बढ़ती हुई लोकप्रियता के ग्राफ का आरम्भ से ही साक्षी रहा हूँ। आपका प्रथम काव्य संग्रह निश्चित रूप से पाठकों को बेहद पसन्द आएगा। मैं इन कविताओं का श्रोता रहा हूँ, पुस्तक प्रकाशन के अवसर पर मैं आपके उज्जवल भविष्य की कामना करता हूँ।

उनकी यह पुस्तक उनके यश में गुणात्मक वृद्धि करे, सर्वत्र प्रसिद्धि करे यही मनोकामना है।

कवि राजेश चेतन

विषय सूची

1.

सूर्य भगवान से मुलाकात

कल अचानक
सूर्य भगवान से मुलाकात हुई,
पृथ्वी घूम रही थी
इसलिए
चलते-चलते बात हुई।

चरणों में प्रणाम करके
मैंने पूछा-
हे! भगवन
आकाश में घूमने का
क्या आपका
एक ही रूटीन है?
कभी
बोरियत फील करो तो नीचे आ जाना,
हमारे पास
बहुत बड़ी जमीन है।

अभी पिछले दिनों
ये फिल्म वाले भी
तारे जमीं पे लाए थे,

शायद
रात का समय रहा होगा,
इसलिए
आपको वहीं छोड़ आए थे।

खैर
कोई बात नहीं,
सौर मण्डल मित्रों सहित
जब कभी आप
पृथ्वी पे आएंगे
तो मैं आपको
भारत और पाकिस्तान के बीच होने वाला
डे एण्ड नाईट
क्रिकेट मैच दिखाऊँगा,
मुझे बड़ा मजा आएगा
जब आपकी वजह से
वो मैच
डे एण्ड डे रह जाएगा।

मैच के दौरान
यदि बारिश आ जाए,
तो आप
पिच का सारा पानी सोख लेना,
खिलाड़ियों के लिए

यदि कोल्ड ड्रिंक वगैरह लाएं
उस समय
अपने आप को रोक लेना।

वैसे
इन्टरवेल में खाने के लिए
हम घर से
कच्ची मक्का ले जाएंगे,
और आपके चरणों से छुआ-छुआ के
पोपकोर्न बना के खाएंगें।
मैंने तो
ये भी सुना है
मैच देखने
पाकिस्तान के राष्ट्रपति भी आएंगे।
कश्मीर और आतंकवाद मुद्दे पे
आप उसे
जरा संस्कृत में समझा देना,
मान जाए तो ठीक है
वरना
अपने शरीर का
थोड़ा सा हिस्सा उसके भिड़ा देना।

उसे भी तो
पता चल जाए

भारत में आखिर कुछ तो खास है
जो सारी कायनात इसके साथ है।

वैसे तो
चाईना से भी हमारी तलवारें
खीचीं-खीचीं रहती हैं,
पर पता नहीं क्यूँ
बिना धूप के भी
उनकी आँखें
मिची-मिची रहती हैं।

हे! जीवन के दाता,
हे! सुबह शाम के निर्माता
ये आपके
प्रचंड प्रकोप की ही तो मेहरबानी है,
जो
गर्मी की छुट्टियों की बात
स्कूल वालों ने मानी है।

कई बार
कड़कती ठंड के दिनों में
प्रातः काल
जब आप

आकाश में नजर नहीं आते,
तो
मंच के अधिकतर कवि,
कई-कई दिन तक नहीं नहाते।

इसलिए
हो सके तो
अपना थोड़ा सा टाईम टेबल बदल लें,
सर्दियों में
जल्दी दर्शन दे दिया करें,
गर्मियों में चाहे
दो घंटे पहले निकल लें।

हे! परोपकारी
आप
अकेले ऐसे भगवान हैं
जो प्रत्यक्ष रूप से
दिखाई पड़ जाते हैं,
अन्य देवों के दर्शन करने हों तो
कई-कई जन्म लग जाते हैं।

आप वास्तव में परम महान हैं,
आपकी नजर में

ना कोई हिन्दू है, ना मुसलमान है।

इसलिये
जाने से पहले
इतनी कृपा कर देना,
इस प्राणी मात्र के हृदय से
बैर भावना को दूर कर,
प्रेम और ज्ञान का प्रकाश भर देना।

हे! दिनकर
जब तक आप भारत में रहेंगे,
पश्चिमी देशों में
दिन नहीं निकलेगा,
उधर वो अमेरिका तुम्हें ढूंढने
खामख्वाह अंतरिक्ष में निकल लेगा।

इसलिए
अब मैं चलता हूँ फिर कभी आऊँगा,
आपसे पहले मैं निकल लूँ
वरना अंधेरे में अपना
घर नहीं ढूंढ पाऊँगा,
घर नहीं ढूंढ पाऊँगा।

❖❖❖

2.

बच्चों के अंक

आजकल बच्चे
गजब ढा रहे हैं,
परीक्षा में
पता नहीं क्यों
इतने नम्बर ला रहे हैं।

हम तो सात-आठ भाई थे
पढ़ाई में खूब दिल लगाया करते,
तब जा के
सबके मिला के
साठ-सत्तर प्रतिशत आया करते।

हौंसलें इतने बुलन्द
कभी उदास नहीं हुए,
एक साल में
दो भाइयों से ज्यादा पास नहीं हुए।

घर वालों ने जो पुस्तक
एक बार दिलवा दी,

सारी जिन्दगी
वो ही चला दी।

छोटे वाला भाई
कई-कई टयूशनें पढ़ा,
पूरा जोर लगा लिया
अगली क्लास में नहीं चढ़ा।
आखिर में
नाम ही कटवाना पड़ा।।

दरअसल
उसे जबरदस्ती स्कूल में डलवा दिया,
पहली कक्षा में दाखिल कराया था
पाँच साल बाद
पहली से ही उठवा लिया।

मुझे तो याद है
बारहवीं में-
मेरे अकेले के तैंतीस प्रतिशत आए थे,
घरवाले क्या
रिश्तेदार तक फूले नहीं समाए थे।

रिजल्ट देख कर घर लौटा
तो अद्भुत घड़ी थी,

बड़ी बुआ
दरवाजे पर
आरती का थाल लिए खड़ी थी।

कहने लगी-
बच्चे ने
इतिहास रच दिया,
इसी खुशी में
सुबह की सवामणि
शाम का भण्डारा रख दिया।

पिताजी ने
पूरे घर में सफेदी करवा दी,
मार्कशीट
शीशे में जड़वा कर
ड्राईंग रूम में टँगवा दी।

दादी माँ ने तो यहाँ तक कह दिया
अब जब तक
इसकी पढ़ाई चलेगी,
घर में
देसी घी की अखंड ज्योत जलेगी।

ये अलग बात है
पढ़ाई बीच में ही छुड़वानी पड़ी,

छह महीने से पहले
ज्योत बुझानी पड़ी।

वैसे भी
हमारे समय में
बच्चे
पढ़ाई से बिल्कुल नहीं घबराते थे,
एक कक्षा में
कई-कई वर्ष लगाते थे।
कई बच्चों के तो
रिश्ते भी स्कूल के थ्रू आते थे।।
और कई बार तो
सिलेबस तक एक्सपायर हो जाया करते,
बच्चे वही पड़े रहते,
मास्टर रिटायर हो जाया करते।

जो बच्चे एक ही कक्षा में
कई-कई वर्ष लगा दिया करते,
उन्हें अगले साल
कक्षा का
मॉनिटर बना दिया करते।

वही बच्चे
आज के विजेता बन गए,

उस समय के
सारे मॉनिटर
आज देश के नेता बन गए।

परन्तु आजकल के बच्चे
न जाने
किस तनाव में रहते हैं,
हर वक्त
एक अभाव में रहते हैं।

बच्चों का बचपन
बस्ते के बोझ तले दब गया,
माँ-बाप का प्यार
मोबाईल, कंप्यूटर और टीवी की भेंट
चढ़ गया।

बेशक!
बच्चों को उच्च शिक्षा देकर
अपना कर्त्तव्य निभाइए,
पर कभी
अपने बच्चों को
तनाव में मत लाइए।

❖❖❖

3.

हवलदार का तबादला

उसी थाने में
तबादला हो गया
मेरा भी
जिसमें पत्नी सिपाही थी,
अब घर हो या दफ्तर
दोनों जगह लुगाई थी।
सीधा सा मतलब यह है कि
तबाही थी।।

वैसे तो ये तबादला
मेरी तरक्की थी,
पर अब हफ्ते में
दो बार
बेइज्जती होनी पक्की थी।

सारा दिन
दहशत में काटता था,
उधर पत्नी चीखती
इधर इंस्पेक्टर डाँटता था।

जीवन अब मेरे लिए
सजा-ए-आफ़ता है,
उसके हाथ में डंडा देखकर
आज भी दिल काँपता है।

एक दिन तो
लाठी चार्ज के दौरान
उसने ऐसे जुल्म कर दिए,
पब्लिक की आड़ में
दो लठ मेरे धर दिए।

मैं बोला- देखती नहीं
पति परमेश्वर हूँ,
कहने लगी-
घर चल के उतारूँगी आरती
अभी तो ड्यूटी पर हूँ।

अब तो डर-डर के
खोखला हसबैंड हो गया हूँ,
नौकरी जरूर करता हूँ
पर ऐसा लगता है कि
सस्पेंड हो गया हूँ।

एक दिन की बात,
पैदा हो गए ऐसे हालात।

इधर इंस्पेक्टर
उधर पत्नी
दोनों ने एक साथ आवाज लगाई,
मेरे तो समझ नहीं आई
पहले किसकी सुनूँ
किधर जाऊँ,
नौकरी सम्भालूँ या इज्जत बचाऊँ।

वो तो शुक्र है
इंस्पेक्टर साहब भी शादीशुदा थे,
उन्हें गृहस्थी के
सारे अनुभव पता थे।

कहने लगे-
मेरी छोड़
पहले पत्नी से पूछ क्या बात है,
अबे रो मत भाई
मेरे घर में भी यही हालात है।

अरे! मेरा क्या
कमिश्नर तक का यही हाल है,
होंगे बाहर अफसर
घर में भला किसकी मजाल है।

अरे! हमारा क्या है,
हम तो आज यहाँ,
कल दूसरा थाना है।
तुझे तो
शाम को ही घर जाना है
और सारा जीवन
इसी के साथ बिताना है।।

अगले दिन डयूटी थी कम्बाईन,
दिन था वैलेन्टाईन।
मैंने तो
यूँ ही पूछ लिया
कहो तो चलें आज शाम
कॉफी शॉप में,
कहने लगी-
बंद करवा दूँगी
छेड़खानी के आरोप में।

जनाब!
यह घर नहीं थाना है
यहाँ पत्नी वाला रिश्ता नहीं चलेगा,
यहाँ तो
ऊपर की कमाई में भी
हिस्सा आधा-आधा बंटेगा।

सच्चाई तो यही है
कि मैं
हवलदार हो के भी
मुल्जिम की तरह लाचार था,
मेरी वर्दी पर लगा
हर स्टार बेकार था।
वो सिपाही होकर भी
थानेदार थी,
बिना स्टार के भी सुपरस्टार थी।

इसके बावजूद भी
डिपार्टमेन्ट की तरफ से,
बहादुरी का प्रथम पुरस्कार मुझे मिला
क्योंकि
जो व्यक्ति हर वक्त पत्नी के
साये में रह सकता है,
उससे बहादुर दुनिया में
भला और कौन हो सकता है
और कौन हो सकता है।

❖❖❖

4.

भ्रष्टाचारियों का सम्मेलन

पिछले दिनों
भ्रष्टाचारियों ने एक
सामुहिक सम्मेलन बुलवाया,
सबने अपने-अपने बारे में विस्तार से बताया।

सबसे पहले
जल बोर्ड वाला आया,
उसने बताया
हमारा अंदाज तो
बिल्कुल निराला है,
हमारी रिश्वत
सौ का नोट और एक चाय का प्याला है।

जो कुछ मिल जाए
आधा-आधा बांट लेते हैं,
यदि कोई कुछ भी न दे
तो उसकी लाईन काट देते हैं।

इसके बाद
M.C.D वाला बोला-

भैया हमारी तो फुल-फुल चलती है,
मौहल्ले में
हर एक ईंट
हमारी मर्जी से ही लगती है।

हम तो कूड़े के ढेर से भी
पैसा ढूढं लेते हैं,
फायदा दिखाई दे
तो गटर भी चूम लेते हैं।

तभी एक पुलिस वाला बोला-
यूँ तो
हमारी कमाई में
सैकड़ों लफड़े हैं,
पर हमारा तो
जलवा ही कुछ और है
हमारे तो
डंडों से भी पैसे झड़ते हैं।

जब तक समाज में
अपराध जीवित हैं
हमें किस बात का गम है,
हमारे लिए तो
हर घर में अपना
खुद का एक A.T.M है।

तभी एक हॉस्पिटल का मालिक आया
उसने बड़े रोब से बताया,
भैया!
हमारे यहां तो
वेंटीलेटर पर भी
मुर्दों की सांस चलती है,
और हर सांस की कीमत
लाखों रूपये मिलती है।

तभी हर्षाते हुए, मुस्कुराते हुए, इतराते हुए
स्कूल के आठवीं पास
चेयरमैन ने बताया-
अपना तो सीजन एक दम सैट है,
हर दाखिले के लिए
दस लाख रुपए का रेट है।

इसके बाद
इन्कम टैक्स का अधिकारी बोला-
हमारे पास तो
समस्त दौलत वालों का अपार ढेर है,
हमारा क्या मुकाबला है?
हम तो साक्षात कुबेर हैं।

अन्त में
एक नेता आया

उसने जोरदार ठहाका लगाया,
बोला-
दौलत का झरना
पाँच वर्षों तक निरंतर बहता है,
दुनिया का हर भ्रष्टाचारी,
हमारी जेब में रहता है।

वह सभी नोट हमारे हैं,
जिस पर पर छपे महात्मा गांधी हैं,
हमारा हर दिन सुनहरा है
और रात में चाँदी है।

हमें मालूम है
जब तक देश की जनता
यूं ही सोती रहेगी,
ये भारत माता
भ्रष्टाचारियों के कारण
यूं ही रोती रहेगी।

अरे! भ्रष्टाचारियों
अब तो कुछ शर्म करो,
जिस माटी का नमक खाते हो
उस पर भी
थोड़ा रहम करो।

❖❖❖

5.

कवि की शादी

हालांकि
कोई उम्मीद नहीं थी
फिर भी
एक रिश्ता आया,
लड़का कवि है
पिता जी ने
बिचौलिए को
बड़ी शर्मिन्दगी से बताया।

बिचौलिया बोला-
घबराओ मत लाला जी
मैं तो
एक से एक
निकम्मे लड़कों के रिश्ते करा देता हूँ,
फटे पुराने नोट भी
पूरे दामों पे चला देता हूँ।

ये बतलाओं
कितना कमा लेता है,

पिताजी बोले-
किसी तरह इज्जत बचा लेता है।

मेरा मतलब है
लड़की को भूखे तो नहीं मरने देगा,
पिताजी बोले-
अबे
ये भूख ही नहीं लगने देगा।
जिस दिन
अपनी कविता की
दो लाइनें मुझे सुना देता है,
कमबख्त
कई दिनों की भूख भगा देता है।

तो क्या इन्होंने
अपनी कविताओं की
कोई पुस्तक नहीं छपवाई,
पिताजी बोले-
उसी में तो लुट गई
घर की सारी कमाई।

और तो और
घरवालों ने भी
इसकी पुस्तक का
पन्ना तक नहीं खोला

एक रिश्तेदार ने गलती से
दो–तीन पन्ने पढ़ लिए थे
वो हमसे
आज तक नहीं बोला।

अब तो शर्मा जी
किसी तरह इसके
हाथ पीले करवा दो,
हमें लड़की बिना देखे पसन्द है
तुम यह लड़का
पास करवा दो।

उधर लड़की के बाप को
पता नहीं
कैसे भनक लग गई,
लड़का
इण्टर मोहल्ला कवि है
ये बात बुरी तरह खटक गई।

कहने लगा–
एक बाप होकर
इतना जुल्म नहीं ढा सकता,
अपनी लड़की
किसी कवि से नहीं ब्याह सकता।

बिचौलिया बोला-
गर्ग साहब
ये रिश्ता मत छोड़िए
लड़के का
बहुत ऊँचा खानदान है,
ग्यारहवीं मंजिल पर इसका मकान है।
लड़का
परम ज्ञानी और विद्वान है।
सीधे हाथ में दो-दो अंगूठे हैं
बहुत भाग्यवान है।।

बिचौलिए की बात में दम था,
वो कौन सा
रैगरपुरा वाले
प्रोफेसर अरोड़ा से कम था।

शादी के दिन
मंच पर खड़ा
मैं फूला नहीं समा रहा था,
हरेक बराती में
एक श्रोता नजर आ रहा था।

मंच पर
माइक की कमी खल रही थी,

कविता खुद-बखुद निकल रही थी।
मुझे एक
मौके की तलाश थी,
तभी याद आया
फेरों पर छंद सुनाऊँगा
यही आखिरी आस थी।

तभी किसी ने
मेरे हाथ में
नेग का लिफाफा थमा दिया,
उसे पता नहीं
किसने बता दिया।
लड़का कवि है
ये पता नहीं
कितनी लंबी कविता सुना देगा,
लड़की को
विदा होने से पहले ही रुला देगा।

मैं मन ही मन
तकदीर को कोसने लगा,
आखिर किसे सुनाऊं कविता
यह सोचने लगा।

घर आते ही
पहली रात,

अपने मन की बात,
मैंने अपनी पत्नी को बता दी,
उसने
जैसे ही हाँ भरी
मैंने उसे फटाफट
पंद्रह बीस नई-नई रचनाएँ सुना दी।

अपनी हास्य रचनाओं पर
मैंने उसे
कई बार रोते देखा,
जब गम्भीर कविताएँ सुनाई
तब खुश होते देखा।
कविताओं की गहराई में
वो इतना खो गई,
पता ही नहीं चला
कब सो गई।

उस दिन मुझे अहसास हुआ
नारी वास्तव में ही
त्याग की मूरत है,
एक सफल कवि बनने के लिए
पत्नी की बहुत जरूरत है
पत्नी की बहुत जरूरत है।

❖❖❖

6.

मिठाई की महिमा

दुनिया में शायद ही ऐसी
कोई मिठाई हो,
जो मैंने नहीं खाई हो।

भगवान यदि दुनिया में
मिठाई नहीं बनाता,
भैया
मैं तो जीते जी ही मर जाता।

हर रोज मीठे का
भरपूर आनन्द उठाता हूँ,
गोलगप्पे भी
रसगुल्ले भी चाश्नी
से भरवाकर खाता हूँ।

जिस दिन
गज्जक और कलाकन्द
सिराहने रख के सो जाता हूँ,
उसी रात

मीठ-मीठे सपनों में खो जाता हूँ।
कल ही सपने में देखा
रूहअफजा से भरा,
एक बहुत बड़ा समुन्द्र
बालूशाही और बूंदी के लड्डू
तैर रहे थे
उसके अन्दर।
ऐसा लग रहा था,
मानो!
स्वर्ग की रसोई में आ गया,
यूँ समझ लो
सपने में ही मोक्ष पा गया।

अभी पिछले दिनों
अमेरीका के राष्ट्रपति भारत आए थे,
तो हमारे प्रधानमंत्री ने
उन्हें चार गुलाब जामुन खिलाए थे।
तब से उन्होंने
हमारे खिलाफ
एक भी ब्यान कड़वा नहीं दिया,
सच तो ये है
किसी मुद्दे पर भी
झगड़ा नहीं किया।

मेरा तो मानना है
चाईना के राष्ट्रपति को
चाईना राम का हल्वा
और पाकिस्तान को
गाजर पाक भिजवा दो,
ये आपस की दुश्मनी
मिठाई के माध्यम से सुलझा दो।

किन्तु! आज
देश में
शराब के तो हजारे ठेके हैं
पर मिठाई की
एक भी सरकारी दुकान नहीं है,
जहां मिठाई बनाने का कोर्स कर सकें
ऐसा एक भी
सरकारी संस्थान नहीं है।

मैं तो अगर
कभी प्रधानमंत्री बना
तो सबसे पहले
जलेबी को
राष्ट्रीय मिठाई घोषित करुंगा।
क्योंकि

संसद की तरह गोल ये जलेबी
चाहे कितनी भी घुमावदार है,
इसकी हरेक गली
बेहद
मीठी और रसदार है।

हमारी संसद के गलियारों में भी
जिस दिन
देश प्रेम की भावना का रस भर जाएगा,
मेरा दावा है उस दिन
दुनिया का कोई भी मुल्क
हमारे सामने
आंख नहीं उठा पाएगा।

गणतन्त्र दिवस पर
देश के बड़े-बड़े हलवाईयों को
परम-खीर चक्र और
पद्म-मिश्री जैसे सम्मानों से
सम्मानित करूँगा,
सारी उम्र मीठे के वास्ते जीवित रहा
देख लेना एक दिन
मीठे के अभाव में ही मरूँगा।

हे! प्रभु
मेरे समस्त पापों को भुला देना,

हो सके तो
अगले जन्म में मुझे हलवाई बना देना।

वैसे तो
आप परमपिता परमेश्वर हैं
और हम दीन हीन हैं,
पर एक बात कॉमन है
हम दोनों ही
मीठे के शौकीन हैं।

दोस्तों!
इस सम्पूर्ण सृष्टि में
ये मीठा बहुत अनमोल है,
वो व्यक्ति ही महान कहलाता है
जिसका मीठा बोल है।

जो श्रोता
डायबीटीज के कारण
मीठा नहीं खा सकते हैं,
मेरी इस कविता को सुनकर ही
मीठे का
भरपूर आनन्द उठा सकते हैं।
और मेरे लिए
मीठी-मीठी तालियाँ बजा सकते हैं।।

❖❖❖

7.

भिखारी सम्मेलन

कल भिखारियों ने
भिक्षा-दिवस मनाया,
अपनी-अपनी खूबियों को
खुलकर बताया।
एक बोला-
चाहे आदमी हो या नेता,
भैया
मैं तो पचास रूपए से कम नहीं लेता।
वो भी केवल
कार वालों से ही लेता हूँ
कोई पाँच-सौ का नोट भी दे दे
तो तुरन्त खुल्ले कर देता हूँ।

जबरदस्ती
कभी किसी के गले नहीं पड़ता,
शाम 5:30 बजे के बाद
पैसे नहीं पकड़ता।

भीख मांगने का अंदाज
अपना सबसे निराला है,
भिखारियों का जो प्रधान है
वो अपना मुंहबोला साला है।

दूसरा भिखारी बोला-
भैया हम तो
अपना क्रेडिट कार्ड रखते हैं,
इस धंधे में
सत्तर साल हो गए
खानदानी मंगते हैं।
जिस दिन
ठीहे पे नहीं जा पाते हैं
कस्टमरों के
खुद चलकर फोन आते हैं।
कई बार तो खुद घर पे
भीख देने आते हैं।।

जिन्दगी में
ना किसी के सामने गिड़गिड़ाए
ना ही किया हंगामा,
अल्लाह के नाम पर
आज तक नहीं माँगा।

भले ही हमने सारी उम्र
माँगकर खाया है,
पर हर चौराहे पे
अपना रूतबा बनाया है।
इसलिए भैया
जो भी करो
शान से करो,
चोरी हो या भिखमंगी
पूरे ईमान से करो।

अन्त में-
प्रधान श्री माँगे राम जी ने
समाज को आईना दिखाया,
लोगों की करतूतों को खुलकर बताया।
बोले-
दुनिया का हर शख्स
कहीं ना कहीं
हाथ फैलाता है,
फिर केवल हमें ही क्यूँ
भिखारी समझा जाता है।

नेता वोट माँगते हैं,
अफसर नोट माँगते हैं,
कोई प्रसाद के बदले

भगवान से उपहार माँगता है,
कोई दहेज में
सोना और कार माँगता है,
लोग
डोनेशन के नाम पर पैसा माँगते हैं,
कुछ डॉक्टर
ईलाज के नाम पर जेब काटते हैं,
कोई खुद कहकर
सम्मान माँगता है,
कोई समाज में झूठी
पहचान माँगता है।
यहाँ माँगने का
सबका अपना-अपना
तरीका है,
सच तो ये है दोस्तों
कि मुल्क पर आज भी
अरबों का कर्जा है।

अरे! हम तो दुआएं देकर
औरों के लिए
स्वर्ग के रास्ते खोलते हैं,
ना समझ तो वो हैं
जो हमें
भिखारी बोलते हैं।

हमसे ज्यादा लाचार
दुनिया में कोई इन्सान नहीं होता,
सच बतलाऊँ
भीख माँगना इतना आसान नहीं होता।

आज भी
भीख का रेट
दुनिया में सबसे सस्ता है,
मात्र दस रुपए में
लाखों का आर्शीवाद
और कहाँ मिलता है।
दोस्तों!
कभी किसी को दुतकारना मत
उसकी आत्मा बद्दुआ देती है,
जाने
कौन-सी मजबूरी
किसी को भिखारी बना देती है।

❖❖❖

8.

मानसून का जुनून

हमारे एक मित्र रहते हैं
जाने
किस जुनून में,
हर साल एक बच्चा पैदा कर देते हैं
मानसून में।

मैंने पूछा-
अबे यार
ये तालमेल तू कैसे बिठाता है,
जब कि कई बार तो
मानसून भी लेट आता है।

वो बोला-
बरसात की खुशबू तो
हमारे खून में है,
हमारे तो पूरे खानदान की पैदाईश ही
मानसून में है।

मेरे दादा सावन सिंह कहते थे
बिना बरसात के

जीवन में कुछ नहीं रक्खा है,
ये ओले-ओले वाला गाना
मेरे दादा जी ने ही तो लिखा है।

बिजनेस के सिलसिले में
उन्हें हर महीने
जाना पड़ता था
देहरादून में,
इसके बावजूद भी,
ग्यारह के ग्यारह बच्चे
पैदा किए मानसून में।

मेरे ताऊ श्री घटाटोप का भी
बहुत बड़ा परिवार है,
उनका
बरसाती, तिरपाल
और छतरियों का बड़ा कारोबार है।
हांलाकि
सीजन का टाईम होता है
मई और जून में,
इसके बावजूद भी
आठों बच्चे पैदा किए
मानसून में।

मेरे बड़े भैया का भी कमाल है,
चूरापूँजी में
उनकी ससुराल है।
कई बार तो मेंढक तक घुस गए
उनकी पतलून में,
इसके बाद भी
पाँचों बच्चे जुड़वां
पैदा किए मानसून में।

दोस्तों!
इस मानसून पर
सारे देश की निगाहें बनी रहती हैं,
क्योंकि
इसी के कारण
देश की नदियाँ बहती हैं।

गरीब किसान की नजरें
हमेशा मानसून को तरसती हैं
क्योंकि बारिश की
हर बूँद से ही तो
रोटियाँ बरसती हैं।

किन्तु ये बढ़ती हुई जनसंख्या
सभी योजनाओं को

निगल जाती है,
बढ़ती हुई आबादी
हमारे लिए श्राप बन जाती है।
हम ना जाने
क्या कर रहे हैं मानसून में,
जबकि
दो ही बच्चों की छूट है कानून में।

हमारा कर्त्तव्य है
कि प्रकृति के साधनों की
देखभाल करें,
आने वाली पीढ़ी का भी
कुछ ख्याल करें।
मेरे साथ
आप भी एक संकल्प उठाएँ,
आइए
इस बेइंतिहा बढ़ती जनसंख्या पर
मिलकर अंकुश लगाएँ।

❖❖❖

9.

अन्धविश्वास (पंडित जी की लात)

पण्डित जी पर
ईश्वर की विशेष इनायत थी,
उनकी तो
गालियाँ भी इबादत थीं।

जिस किसी के
उनकी एक लात पड़ जाती थी,
समझ लो
उसकी
किस्मत बदल जाती थी।

पिछले वर्ष
एक पार्षद का मुकद्दर खिल गया,
पण्डित जी से
घूंसा पढ़वाया था
विधान सभा का टिकट मिल गया।

चुनावों में
घर के बाहर कतारें लग जाती थीं,
एक लात की कीमत

बीस-हजार तक चली जाती थी।
लोग दूर-दूर से
दुलत्ती खाने आते थे,
कुछ तो
इमरजेंसी अपाईन्टमेन्ट लेकर
बच्चे पिटवाने आते थे।

एक अंधविश्वासी महिला बोली-
पण्डित जी
आप चाहे कुछ भी रेट ले लो,
पर एक जोरदार तमाचा
हमारे बिट्टू के टेक दो।

हे महाराज!
आपने तो
सैकड़ों को लताड़ा है,
कितनों को भव सागर से
तारा है।
आपकी तो गालियाँ भी वरदान हैं,
सच में
आप बहुत बुरे महान हैं।

याद करो
पिछले साल

आपने
सरला की बेटी के
अंडगी मारी थी,
उसकी तुरंत शादी हो गई
बेचारी कबसे कुँवारी थी।

आप की एक फटकार से
लल्लू की
किस्मत जग गई,
पिछले महीने ही
उसकी नौकरी लग गई।

जिस पर भी हाथ रखते हो
उसकी
तकदीर जाग जाती है,
और जो आपका
धन्यवाद नहीं करता
उसकी लुगाई भाग जाती है।

हे! दीन बन्धु
दाहिने पाँव से
एक जोरदार लात मार दो,
कृपया
हमें भी तार दो।
आपके घूसों ने

कितनों के घर बसाये हैं
आपकी लात खाने वालों ने
लाखों कमाएं हैं।

दोस्तों!
यदि हम अपने परिवार को
मेहनत और स्वाभिमान
के संस्कार सिखाते,
तो कभी पैसे देकर
यूँ गैरों की लात न खाते।

सच तो ये है
यदि
देश के भ्रष्ट नेताओं को
पब्लिक की लात पड़ जाती,
तो हमारे देश की
व्यवस्था और तरक्की
कभी यूं नहीं लड़खड़ाती।

❖❖❖

10.

बाबा बन जा

एक मित्र ने पूछा-
यार!
क्या करूँ?
आजकल काम में बहुत मंदा है,
मैं बोला-
बाबा बन जा,
कम लागत में
सबसे अच्छा धंधा है।

आज चाहे
किसी के पास शोरूम है
या कोई ढाबा है,
इन सबसे ज्यादा मौज में
बाबा है।

मित्र बोला-
लेकिन यार मैं तो शादी शुदा हूँ
ये बहुत बड़ी कठिनाई है,
मैं बोला-
तू एक से घबरा गया

एकाध बाबा की तो
कई-कई लुगाई हैं।

एक लम्बा सा तिलक लगा के
दाढ़ी बढ़ा ले,
फिर चाहे
किसी को भी मूर्ख बना ले।

मित्र बोला-
यार
अभी पिछले हफ्ते ही
दो बाबे तिहाड़ जेल से छूटे हैं,
तीन बाबे तो कल
पब्लिक ने
सरे आम कूटे हैं।

मैं बोला-
जेल जाना
कौन सा शर्म का काम है,
वहाँ तो
हर प्रकार की
सुख-सुविधाएँ और आराम है।

वहाँ तो तुझे
एक से एक

वी.आई.पी मिल जाएंगे,
दस बीस चेले
तो तेरे जेल में ही बन जाएंगे।

अब तो बस एक काम कर
कोई सा
एक भगवान पकड़ ले,
उसकी सारी कथाएँ
मुँह जुबानी रट ले।
एक दो आरती
और कुछ संस्कृत के श्लोक
याद कर लियो,
ढोलक-मंजिरे वाले की जरूरत पड़े
तो भाई
मेरे को धर लियो।

वैसे भी
भक्तों को तो केवल
आँख मूँद कर गर्दन हिलानी है,
उन्हें नहीं पता
कौन मूर्छित पड़ा है
और बूटी किसको लानी है।

कुछ तो ऐसे भी आते हैं
जो केवल

भण्डारा खुलने की बाट में रहते हैं,
एकाध ऐसे भी हैं
जो अपनी पुरानी चप्पल
बदलने की ताक में रहते हैं।

मुझे याद है
एक बार
एक मंच पे
एक महिला ने
बाबा से ऐसी प्रीत जोड़ी,
बहुत देर तक
बाबा की पिंडी नहीं छोड़ी।

चेला बोला-
बाबा इस पर कोई कृपा बरसा
बाबा बोला-
पहले मेरी पिंडी तो छुड़वा।
क्योंकि
कृपा तो आजकल
चुटकियों में ही बरस जाती है,
मात्र
गोल गप्पे और डोसा खाने से ही
तकदीरें बदल जाती हैं।

और हाँ
यदि तेरी ये दुकानदारी चल जाए
तो फिर
राजनीति में भाग्य आजमाना है,
अरे! यार
पब्लिक को
बेवकूफ ही तो बनाना है।

यदि नेता के साथ-साथ
बाबा हो गया,
समझ ले
सोने पर सुहागा हो गया।

क्योंकि भगवान की लीलाएं
आजकल
महलों में ही रचती हैं,
अरे झुग्गियों में कहीं
कथाएँ बँचती हैं।

ये कथाकार लोग
भगवान को बड़े-बड़े
पंडालों में ही बुलाते हैं,
भिलनी के बेर
और सुदामा के तंदुल

भगवान
गरीबों के यहाँ
आजकल कब खाते हैं।

इन बाबाओं को तो
छप्पन प्रकार के भोग लगाए जाते हैं,
दूसरी तरफ
मेरे देश के करोड़ों बच्चे
भूख से बिलबिलाते हैं।

अरे! ऐसा कौन-सा भगवान है
जो अपने बच्चों को
भूखा देखकर
स्वयं छप्पन प्रकार के भोग खा लेगा,
वो तो तभी प्रसन्न होगा
जब एक भाई
दूसरे भाई को
प्रेम से गले लगा लेगा।

किन्तु
आजकल हर किसी को
पैसा और
मान-सम्मान चाहिए,
सच बताना मेरे दोस्त!

ऐसे कितने भक्त हैं
जिनको भगवान चाहिए।

हमारा उन संतों को
हृदय से नमन है
जिन्होंने हमारी
धर्म और संस्कृति को
सदियों से बचाकर रखा है,
किन्तु
उन ढोंगी बाबाओं के चंगुल से
निकलना होगा
जिन्होंने
हमारी आस्था और पूजा का
उपहास बना रखा है।

❖❖❖

11.

दहेज का स्कूटर

ना जाने ससुराल वालों ने
किस नीयत से
दहेज में स्कूटर दिया,
जो आज तक कभी
ढंग से नहीं चला।

मैंने तो
शादी के अगले ही दिन स्कूटर पर
पत्नी बिठाली थी,
घर आके देखा
तो पिछली सीट खाली थी।

शायद
किसी ब्रेकर पे उछल गई होगी,
सीट से फिसल गई होगी।

वापस जाकर देखा
तो चौराहे पर
खड़ी भीड़

पड़ी महिला को तक रही थी,
जिसने गिराया था
उस आदमी को गालियाँ बक रही थी।

मैंने एक से पूछा,
तो वो बोला-
ना जाने कहाँ-कहाँ से मूर्ख आते हैं,
भरे चौराहे पर
लुगाई छोड़ जाते हैं।

मैं ही इनका पति हूँ
मैंने ये बात
पब्लिक से छिपाई,
गालियों के डर से
किसी को नहीं बताई।

पत्नी के
पाऊडर वाले गाल
सड़क पे रगड़ गए थे,
मोती जैसे दाँत
वहीं पे झड़ गए थे।
ध्यान से देखा तो पता चला
मेरी ही पत्नी है,
पर मन ही मन सोचा

चल छोड़ यार,
अब जैसी भी है अपनी है।

मैंने हिम्मत बंधाते हुए
भीड़ से कहा-
भाईसाहब सुनिए
मैं बहुत चिंतित हूँ,
आप जरा दूर हटिए
मैं इनका
नजदीक का परिचित हूँ।

मैंने अपनी प्राण प्यारी को उठाया,
और उसी टूटी-फूटी पत्नी को
चुपचाप
घर ले आया।

भैया
दहेज हो या शिक्षा,
गिफ्ट हो या भिक्षा
माँगों उसी से,
जो दे दे खुशी से।

अब तो
यही सोच रहा हूँ कि

स्कूटर की तो
मरम्मत भी हो जाएगी
नया भी आ जाएगा,
पर इस महंगाई के दौर में
इस लुगाई को कोई
कहाँ से ठीक कराएगा।

❖❖❖

12.

डॉगियों की सभा

लॉकडाउन के दौरान
गली के डॉगियों ने
एक सभा बुलवाई,
बिना लड़ाई झगड़ा किए
दो घंटे मिटिंग चलाई।

एक डॉगी बोला-
मैंने इस लॉकडाउन में अपना
पूरा फर्ज निभाया,
रोज सवेरे अपने मालिक को
मॉर्निंग वॉक करा के लाया।

दरवाजें पर लिख दिया
सुरक्षित रहें श्रीमान,
कृपया आदमियों से सावधान।

रिश्तेदारों को
घर पे आने के लिए
नो-नो कह दी,
कल एक रिश्तेदार आया था

मैंने तो
खिड़की से ही भौं-भौं कह दी।
हमने अपनी पूरी
वफादारी निभाई है,
सोसाइटी की किसी भी गाड़ी
पे टाँग नहीं उठाई है।

एक डॉगी बोला-
मेरे दादू शेरू भी बहुत महान थे,
बारह गलियों के प्रधान थे।
पड़ोस की बिल्लियाँ तक
सलाह लेने आती थीं,
मौहल्ले की निगम पार्षद
खुद अपने हाथ से
दूध पिलाती थीं।

खतरनाक चोरों को
चुटकियों में पकड़वा देते थे,
कोई भ्रष्ट नेता हो
तो सूंघ के बता देते थे।

यदि इन्सानों में जन्म लेते
तो किसी थाने में
बड़े कर्मचारी होते,

वो तो हम पैदा हो गए
वरना
ब्रह्मचारी होते।

ना कभी फिजूल का भौंकना
ना कभी बेकार का सैर सपाटा,
पूरी लाइफ में
किसी को नहीं काटा।
शराफत की
जीती जागती मिसाल थे,
कुत्ते क्या थे
कमाल थे।

एक बूढ़ी डॉगिन बोली-
मुझे तो अब
यही चिंता है
किसी तरह
अपनी बेटी लूसी की
पूंछ पीली कर करके,
मैं भी
कोई साफ-सुथरा नाला नहा लूँ।
आप कहो तो
शादी के लिए

एम.सी.डी का
कूड़ेदान बुक करा लूँ।
भला
इस लॉकडाउन में
किस-किस से पंगा लूँगी,
मैं तो चार छह कुत्ते ले जा के
अपनी लोंडिया ब्याह लूँगी।

आखिर में
सभा के प्रधान
शेरू ने कहा-
ये इंसान
अपने स्वार्थ के लिए
प्रकृति से
खिलवाड़ करता है,
इसलिए तो
हर रोज मरता है।

ना जाने इस आदमी को
किस बात का नशा है,
जब कि
कई इंसानों की तो
हमसे भी ज्यादा दुर्दशा है।

आज लड़ने और मरने में,
बोलने में और डोलने में,
ये इंसान हमसे
बहुत आगे निकल चुका है,
सच कहूँ दोस्तों
आदमी बहुत बदल चुका है।

लेकिन इसके बावजूद भी
हमें अपना फर्ज निभाना चाहिए,
आदमी को
इस दुःख की घड़ी से बचाना चाहिए।

अन्त में-
आप सभी को बहुत-बहुत बधाई,
जो मनुष्यों से अधिक
शांतिपूर्ण ढंग से मीटिंग चलाई।
मीटिंग में आए हुए
सभी बहनों और भाइयों को,
मेरी तरफ से
प्यार भरी भौं भौं भौं।

❖❖❖

13.

पापा कवि हैं

वैसे तो
पापा कवि हैं
लोगों को हंसाते हैं,
पर मुझे बहुत सताते हैं।
हर रोज जबरदस्ती
एक बोर कविता सुनाते हैं।

ना जाने मुझे
किस जन्म की मिली है ये सजा
बाद में कहते हैं
अबे!
ताली तो बजा।

उनकी एक-एक पंक्ति
बड़ी ही दुखदायी है,
ऊपर से ये
बोर्ड की पढ़ाई है।
कल रात तो
जगा के कविता सुनाई,

कसम से
तीन दिन तक नींद नहीं आई।
जितना याद किया था
कविता ने सब धो दिया
कल आधी रात को
उठकर रो दिया।

सुबह-सुबह
जैसे ही आँख खुली
सिरहाने
मम्मी बैठी मिली।
बोली-
जल्दी उठ मेरे लाल
तुझे
पापा से ज्यादा मैं चाहती हूँ,
जल्दी नाश्ता कर ले
फिर तुझे
एक फिल्मी गाना सुनाती हूँ।
इसके बाद
मम्मी ने जुल्म ढाया,
बहुत ही
जहरीला स्वर लगाया।
मेरी आँखें आँसुओं से भर गईं

रात भर की भूख
मिनटों में मर गई।

मैं बालक
अपने मन की पीड़ा
आखिर किसे बताऊँ,
कल तो
धमकी तक दे दी
पढ़ने बैठता है
या कविता सुनाऊँ।
दोस्तों!
मैं तुरन्त
पढ़ने बैठ जाता हूँ,
आजकल पढ़ाई से ज्यादा
कविता से घबराता हूँ।

हे भगवान!
इस नन्हें बालक को बचा लो
कोरोना खत्म करके
ये लॉकडाउन खुलवा दो।

वैसे आजकल
मैं भी

मम्मी पापा को
बाँसूरी सुनाने लगा हूँ
पुत्र होने का
पूरा फर्ज निभाने लगा हूँ।
मेरे बाँसुरी हाथ में लेते ही
दोनों घबरा जाते हैं,
फिर ना मम्मी गाना सुनाती है
ना पापा कविता सुनाते हैं।

❖❖❖

14.

मोटा पेट

एक बार
कई मोटे पेट
आपस में बतिया रहे थे,
खाने के बेहतरीन किस्से सुना रहे थे।
एक पेट बोला-
यार
मेरा मालिक तो
खाने से कभी नहीं थकता है,
जितना लोग
भरपेट खाते हैं
उतना तो ये चखता है।

दूसरा बोला-
मेरे वाले ने तो
रिकार्ड ही तोड़ रखा है,
लोगों ने
भण्डारे तक में
बुलाना छोड़ रखा है।
भगवान जाने

कैसे पचाता है,
भरपेट खाके भी भरपेट खाता है।

तीसरा पेट बोला-
बन्द करो ये बचकाने किस्से
ऐसा लगता है
मजाक है,
मेरे वाला मोटू
तुम सबसे ज्यादा खतरनाक है।

कल ही
शादी का एक निमंत्रण आया,
पट्ठे ने
एक सौ एक रुपये के बदले
हजारों का सामान निपटाया।
बाद में
मेरे ऊपर हाथ फेरते हुए बोला
यार पेट
मजा नहीं आया।

मैं बोला-
अबे अखण्ड खाऊ,

चौबीस घंटे निपटाऊ,
बिना स्वाद के ही
इतना सब सल्टा दिया,
एक बार
भीतर तो झाँक के देख
क्या हाल मचा दिया।
इतने में उसने
एक रसगुल्ला और सरका दिया।।

घुसते ही
रसगुल्ला बोला
भैया किधर से आऊँ,
दम घुट गया
किधर को जाऊँ।
मैं बोला-
ठहर यार
पहले थोड़ी जगह तो बनाऊँ।

तभी ऊपर से
जलेबी चिल्लाई,
कब से गर्दन में फंसी बैठी हूँ
पेट भाई।

और पीछे से धक्के मार रही है
कमबख्त
ये रसमलाई।।

मैं बोला-
अभी तो
चाऊमीन में ही उलझा पड़ा हूँ,
तभी समोसा बोला-
भैया
मुझे मत भूल जईयो
बड़ी देर से लाईन में खड़ा हूँ।

मैं अभी संभल ही रहा था
कि मोटू ने
मिर्च का
एक बड़ा पकोड़ा सरका दिया,
भीतर बैठी
कई चीजों को मरवा दिया।

कुल्चे को
किसी ने बुरी तरह कुचल डाला,
बेचारे ढोकले को तो
हल्वे की तरह मसल डाला।
छोटे-छोटे बेबी कॉर्न

दहाड़े
मार-मार कर रोने लगे,
मासूम गुलाब जामुन
बिना पचे ही नीचे होने लगे।
भल्ले और पापड़ी का
बीच में ही
साथ छूट गया,
बेचारी
राज कचौरी का तो
सिंहासन ही टूट गया।

असली त्राहि-त्राहि तो तब मची,
जब उसने
बे-मौसम की मूली चखी।

दही बड़े ने तो
साफ कह दिया
ये मूली
हमेशा
वातावरण को दूषित बनाती है
बेशर्म
अपने गोरे रंग पे इतराती है।
इसे थोड़ा समझाया करो,
पेट भाई

प्लीज़
हमारे साथ मत खाया करो।

मारे घबराहट के
मैं
नाभि से बाहर झाँक रहा था,
वो मोटा
हाथ में कुल्फी लिये
अभी भी
दूध की
कढ़ाई तांक रहा था।

वो तो शुक्र है
मुसीबत हाथों हाथ टल गई,
तिल्ले पर से
कुल्फी फिसल गई।

मैं बोला-
अबे सांड
एकाध स्टाल से तो
मुँह मोड़ ले,
कम से कम
दवा लेने की जगह तो छोड़ दे।

जरा से स्वाद के लिए
मुझे
इतना बेहाल मत कर,
जो पेट कई दिनों से भूखे हैं
कभी उनका भी तो ख्याल कर।

अरे मैंने तो सुना था
इंसान सृष्टि का
सबसे समझदार प्राणी है,
पर उसे
आज तक ये तमीज नहीं आई
कि कौन सी चीज
कहाँ,
किस वक्त और
कितनी मात्रा में खानी है।

हमने
इस खूबसूरत देह को
बीमारी का घर बना डाला,
शरीर में दौड़ते लहू को
ज़हर बना डाला।

अपनी जिन्दगी
खुद ही दाँव पर

लगा रहे हैं लोग,
बेवजह-बे इंतिहा
इतना क्यों खा रहे हैं लोग।

आइए दोस्तों!
खाने के कुछ नियम बनायें,
हमेशा
पौष्टिक व संतुलित भोजन खायें।
दुनिया में
कोई पेट भूखा न रहे
इसलिए अन्न को
कभी झूठा ना बचाएं।।

यकीन मानिए दोस्तों!
जिस दिन हर प्राणी को
भरपेट भोजन मिल जाता है,
उस दिन
उस ईश्वर का
चेहरा भी मुस्कुराता है।

❖❖❖

15.

शादी का तामझाम

अजी सुनती हो
शादी धूम-धाम से करेंगे,
एक ही तो बेटा है
पूरे तामझाम से करेंगे।
पत्नी बोली-
पर ये तो बताओ
इतनी सारी रकम
कैसे खराब करोगे
पहले
बजट तो बना लो
कैसे बर्बाद करोगे।

पति बोला-
चिंता मत करो
शादी के फंक्शन
पूरे दस दिनों तक चलाएंगे,
शादी का कार्ड
महंगे से महंगा छपवाएंगे।
पैसा

पानी की तरह बहाएंगे।।
हर पार्टी की शुरुआत
दारू के साथ
रंगीन शाम से करेंगे,
अरे!
एक ही तो बेटा है
शादी
पूरे धूम-धाम से करेंगे।

गुप्ताजी के यहाँ
बी.एम.डब्ल्यू. आई है
हम भी
वही बुक कर देंगे,
बैंक की सारी किश्तें
अपने पास से ही भर देंगे।
सारी-सारी रात
खुलकर आर्केस्ट्रा चलेगा,
हर इवेन्ट का खर्चा लाखों का रहेगा।

आलिशान
सेवेन स्टार होटल में
सगाई होगी,
खास लोगों की
सोने की गिन्नी से मिलाई होगी।

कम से कम
दस लाख का रूपए का तो
लेहंगा ही बनेगा,
हालांकि हमें मालूम है
सारी उम्र यूँ ही टंगा रहेगा।

आजकल
ज्वैलरी में
डायमण्ड का बहुत चलन है,
बेशक!
इसकी रिसेल वैल्य बहुत कम है।
फिर भी आप
बिल्कुल टेंशन मत लेना
सब कुछ बड़े आराम से करेंगे,
अरे!
एक ही तो बेटा है
शादी बड़े धूम-धाम से करेंगे।

आज कल समाज में
शानो-शौकत दिखाने से ही
रुतबा बढ़ता है,
बिजनेस के लिए
उधार भी तभी मिलता है।
बड़ी-बड़ी

हस्तियों को बुलाना पड़ता है,
समाज में
रोब भी दिखाना पड़ता है।

पच्चीस लाख तो
हनीमून पर ही लगा देंगे,
जिन्दगी भर की कमाई
केवल एक ही
खुशी के लिए लुटा देंगे।
जो भी करेंगे ऐशो आराम से करेंगे
एक ही तो बेटा है
शादी धूम-धाम से करेंगे।

सच्चाई तो ये है दोस्तों!
शादी दो दिलों का पवित्र बंधन है
इसे केवल
दिखावा मत बनाइए,
जीवन-भर की पूंजी को
केवल चन्द घंटों में
मत लुटाइए।

❖❖❖

16.

ससुराल का डिनर

जिस दिन
भारत
क्रिकेट का वर्ल्ड कप हारा,
उसी दिन शाम को
ससुराल में
डिनर था हमारा।
वहाँ पहुँचकर देखा
तो सारे घर में
उदासी छाई थी,
खाने में
केवल खिचड़ी बनाई थी।
घर में
ना साला दिखाई दिया ना साली
हमने तो चुपचाप
बिना नमक की खिचड़ी खाली।

बेचारी स्वीट डिश
अभी भी
रसोई में ही पड़ी थी,

तभी देखा
सासू माँ
विदा करने के लिए
टीके का थाल
हाथ में लिए खड़ी थी।

पता नहीं
उनसे भूल हो गई
या
भारत हारने का रोष था,
टीके के लिफाफे में
केवल 10 का नोट था।

दोस्तों!
मेरे लिए जीवन में
ये बहुत बड़ी सीख है,
यदि देश
कोई बड़ा टूर्नामेंट हार जाए
तो डिनर
अपने घर पर ही ठीक है।

❖❖❖

17.

ऊपर की कमाई

बच्चों ने
जब ये सवाल उठाया,
तो
पिता ने खुलके बताया।

बेटा-
लोग जिसे
ऊपर की कमाई कहते हैं,
सरल भाषा में
उसे ही बच्चों की मिठाई कहते हैं।
पहले ये
टेबल के नीचे से दी जाती थी,
तब लेने वाले को भी
थोड़ी शर्म आती थी।
पर आजकल तो ये
जन्म-सिद्ध अधिकार बन गया है,
देखते-देखते
अरबों का व्यापार बन गया है।

इसे खाने के लिए
ना कोई खास कारण
ना ही ठिकाना चाहिए,
केवल खाने का बहाना
और सही तरीका आना चाहिए।

क्योंकि इसे
मुँह की बजाए
दिमाग से खाना पड़ता है,
इसलिए
बड़ी ही सावधानी से पचाना पड़ता है।
इसमें शुगर की बीमारी
खिलाने वाले को होती है,
क्योंकि
उसी की आत्मा रोती है।

इस मिठाई को
हर मौसम में खाया जाता है,
क्योंकि इसके ऊपर
झूठ, मक्कारी और बेईमानी का
वर्क चढ़ाया जाता है।
इसे मजबूरी की आँच पर
आंसूओं की
चाश्नी में डूबोकर पकाते हैं,

इसलिए
देश के सबसे खतरनाक कीड़े
इसके ईर्द-गिर्द मंडराते हैं।

यूं तो पूरे देश में
इस मिठाई के मिलने के चांस हैं,
पर
संसद भवन
इसकी मुख्य ब्रान्च है।

आजकल तो
इसके स्वाद का सभी को
भयानक नशा है,
ना तो इसकी कोई वैक्सीन है
ना दवा है।

क्योंकि
जो लोग
इसके खिलाफ कानून बनाते हैं,
मजे की बात ये है
वो खुद इसे बड़े चाव से खाते हैं।

दोस्तों!
बहुत तेजी से

इसकी दुर्गन्ध
सारे देश में समा रही है,
जो इस देश की
तरक्की को खा रही है।

ना जाने
कौन सा अवतार
इस नासूर से मुक्ति दिलाएगा
जाने कौन सा फरिश्ता आकर
इस भ्रष्टाचार के कीचड़ में
देश भक्ति व ईमानदारी का
पुष्प खिलाएगा।

❖❖❖

18.

ब्लैक ब्यूटी

कालेपन के
सभी आयाम तोड़ता था,
इतना काला था
कि
रंग छोड़ता था।

ना जाने
किस मिट्टी में पका हुआ काढ़ा था,
भैंस भी फीकी लगती थी
इतना गाढ़ा था।

पैदा होते ही
काली चादर पे लिटा दिया,
हर तरफ शोर मच गया
बच्चा कहाँ गुमा दिया।
वो तो शुक्र है
एक नर्स ने आके
जब चद्दर झड़काई,

तब कहीं जाके
बच्चे के रोने की आवाज आई।

यूँ समझ लो
अपनी ही छाया का
साया था,
भगवान ही जाने
कौन से लोक से आया था।
दुनिया भर के
काले रंगों का
मिक्स कम्बाईन था,
अपनी तरह का
अलग ही डिजाईन था।

नाम भले ही गट्टू था,
पर नए मकान पे टांगने के लिए
परफैक्ट बजर बट्टू था।
चक्रासन लगाते समय
ट्रक का टायर लगता था,
मंच पर ग़जल पढ़ते हुए
फुंका हुआ
शायर लगता था।

माँ इस तरह से
उसकी आँख में काजल लगा देती थी,
उसी की
उँगली लेके
उसी की आँख में फिरा देती थी।

माँ उसे
अपनी जान से ज्यादा चाहती थी,
किसी की नजर ना लग जाये
इसलिए
कान के पीछे
चाक मिट्टी लगाती थी।

भले ही
चमड़ी का रंग काला था
पर उसके
मन में बहुत उजियारा था।
मानवता की
जीती जागती मिसाल था,
आदमी नम्बर वन था
केवल
रंग का सवाल था।

ये दुनियावाले
हमेशा पैसे और
पद का ही सम्मान करते हैं,
सीरत भले ही कैसी हो
केवल
सूरत पर मरते हैं।

जो लोग
रंग भेद के कारण
किसी को
परेशान करते हैं,
वास्तव में
वो ईश्वर की
रचना का अपमान करते हैं।

दोस्तों!
ये ऊपर की चमड़ी
तो केवल बाहरी लिबास है,
सच्चाई तो ये है कि
हर जीव के भीतर
उस परमात्मा का वास है।

❖❖❖

19.

सच्ची श्रद्धांजलि (निगम पार्षद)

एक नव निर्वाचित
निगम पार्षद के पास
फोन आया,
मैडम!
एक कार्यक्रम में बुलाना है,
रस्म पगड़ी
कल तीन बजे की है
आपको जरूर आना है।

भले ही
ये कार्यक्रम
किसी के मरण का था,
पर
जीत के बाद का
पहला निमंत्रण था।

मैडम
शोक सभा में जाने के लिए

बेकरार हो गई,
दुल्हन की तरह
सज-धज के तैयार हो गई।
बालों का जूड़ा
दिल्ली नगर निगम की तरह
तीन भागों में
विभाजित कर लिया,
आँखों में
आवश्यकता से अधिक
काजल भर लिया।
उनका खूबसूरत चेहरा
कमल के निशान की तरह
मुस्कुरा रहा था,
लिपस्टिक और बिंदी का कलर
पार्टी के
झण्डे से मेल खा रहा था।

गले में पहना
हीरों का सैट
जीत की बधाइयाँ गा रहा था,
मैडम
रिकॉर्ड मतों से जीती है

उनका एक चमचा
सबको बता रहा था।

शोक सभा में
पहुँचते ही
दिवंगत आत्मा के लिए बोलना था,
सजे-धजे चेहरे पर
उदासी का लिबास ओढ़ना था।

कहने लगी-
राम लाल जी ने हमेशा
समाज के लिए
बहुत अच्छा कार्य किया था,
अपना कीमती वोट
हमारी पार्टी को ही दिया था।
इनकी लोकप्रियता की ज्योति
हमेशा
यूँ ही जलती रहेगी,
मगर इनके वोट की कमी
हमें खलती रहेगी।

इनकी नेकियों का चर्चा
सदा ऐसे ही चलता रहेगा,

मुझे उम्मीद है
इनके परिवार का समर्थन
भविष्य में भी
इसी तरह मिलता रहेगा।

अत्यधिक बिलम्ब से
आने के बाद भी
वो अपनी
भावभीनी श्रद्धांजलि का समापन कर गई,
माफ करना
मुझे एक और सभा में जाना है
ये बात कहके
समय से पहले निकल गई।
समय से पहले निकल गई।

❖❖❖

20.

कविता के फायदे

मैं और मेरी पत्नी
ना ही जिम जाते हैं,
ना ही
कम खाते हैं
फिर भी हमेशा फिट नजर आते हैं।।

ये बात नहीं हैं
कि हमें एक दूसरे से
बहुत चाहत है,
वास्तव में ये
फिल्मी संगीत व
हिन्दी कविता की ताकत है।

जब भी
उसका वजन बढ़ जाता है,
मेरी कविता सुनते ही घट जाता है।
कविता सुनकर
वो इतना मचल जाती है,
भीतर तक

जल जाती है,
उसकी सारी चर्बी पिघल जाती है।

इसके बाद
वो अपना फर्ज निभाती है
आँख मींच-मींच के
पिटी हुई फिल्मों के
फ्लॉप गाने सुनाती है।
मैं इतना जुल्म
बर्दास्त नहीं कर पाता हूँ
हाथों हाथ
कई किलो घट जाता हूँ।

हम दोनों
इसी तरह से
एक दूजे का ध्यान रखते हैं,
कहने को
कुछ भी कहो
पर एक दूसरे की कला का
पूरा सम्मान करते हैं।

दोस्तों!
आप भी ये तरीका आजमाइए,

वजन घटाने के लिए
घर का कीमती पैसा बचाइए।
जब भी दिल करे
पत्नी की सुनिए
और अपनी सुनाइए।।

❖❖❖

21.

राजनीति का स्वाद

राजनीति के खेल में
कुछ खास करना नहीं पड़ता,
आते ही गिर जाओ
तो बाद में
गिरना नहीं पड़ता।

हम दिल्ली से लड़ें
या बिजनौर से
बलिया से लड़ें या इन्दौर से
सीमा पे जा के लड़ना नहीं पड़ता,
राजनीति में
कुछ खास करना नहीं पड़ता।

हम कभी लाचार नहीं होते,
उम्र भर पेंशन मिलती है
बेरोजगार नहीं होते।
घोटालो पे
ना कोई टैक्स है ना जुर्माना,
लूट सकते हैं हम

देश का भरपूर खजाना।
यदि सम्भल कर गुनाह करो
तो फिर डरना नहीं पड़ता
यार
राजनीति में
कुछ खास करना नहीं पड़ता।

संसद में तो हम
बस यूं ही चिल्लाते हैं,
सच्चाई तो ये है कि
सब मिल-बाँट के खाते हैं।
हम सभी
एक ही थाली के चट्टे-बट्टे हैं,
कुछ धूर्त हैं
कुछ उल्लू के पट्ठे हैं।

ना तो हमारा कोई जमीर है,
ना ही ईमान है।
हम तो सिर्फ कहने को इन्सान हैं।
सिर्फ ऊपर से ही
भले दिखते रहो
भीतर से कभी
सुधरना नहीं पड़ता,

राजनीति में
कुछ खास करना नहीं पड़ता।

हम चाहें तो
अपराधी को मंत्री बना दें,
चाहें तो
निर्दोष को भी फाँसी पर चढ़ा दें।
अपनी गरज हो
तो तलवे भी चाट लेते हैं,
मौका मिल जाए
तो गर्दन भी काट देते हैं।
हर प्रकार के ऐबों से
है सरोकार हमारा
बहुत ही नीच है
किरदार हमारा।
हम तो जन्म-जात झूठे हैं
बात-बात पे मुकरना नहीं पड़ता,
राजनीति में
कुछ खास करना नहीं पड़ता।

धर्म-जाति के दंगों में
कभी हम खुद जाके नहीं लड़ते,
हमेशा जनता मरती है
हम कभी नहीं मरते।

देश में ये जो
नफरत की दीवारें हैं
वो केवल
हमारी ही बदौलत है,
देश भले ही
कर्जे में डूबा रहे
हमारे पास तो अपार दौलत है।

ये पुलिस और कचहरी
सब हमारे मोहताज हैं,
लोग हमी को पूजते हैं
देश को हमी पे नाज़ है।
दर्द की पीड़ाओं से हमें
कभी गुजरना नहीं पड़ता,
राजनीति में
कुछ खास करना नहीं पड़ता।

जनता को तो आदत है
गिड़गिड़ाने की,
बड़े-बड़े गुनाहों को
कुछ दिन में ही भूल जाने की
हमें गालियाँ देती है
फिर भी हमीं को चुनती है,
जरा सा लालच दे दो

तो मिनटों में फिसलती है।
जब जनता ही नहीं बदलती
तो हमें भी
बदलना नहीं पड़ता
ये राजनीति है प्यारे
इसमें कुछ खास करना नहीं पड़ता।

मुझे यकीन है
जिस दिन जनता को
अपनी एकता व शक्ति का
अहसास हो जाएगा,
दुनिया का कोई भी नेता
अपनी मनमानी नहीं कर पाएगा।

❖❖❖

22.

हमें कुछ नहीं चाहिए

रिश्ता तय होते ही
वर के पिता ने
लड़की के पिता से कहा
भाईसाहब!
आप किसी बात से मत घबराइये,
शादी का बजट
जैसे चाहे बनाइए,
आपको तो पता है
भाईसाहब
हमें कुछ नहीं चाहिए।

हाँ-
बारातियों की संख्या
जरूर हजार के आस-पास होगी,
जेंटरी
एक दम हाई क्लास
और खास होगी।
आपको तो पता है
हमारा बहुत ऊँचा समाज है,

हमारे यहाँ
मिलनी का बहुत रिवाज है।
इसलिए
टीके की थाली में
सगुन की राशि
हमारी हैसियत अनुसार रखवाइए,
आपको तो पता है
भाईसाहब
हमें कुछ नहीं चाहिए।

हमने तो
जब अपनी बेटी ब्याही थी,
अच्छी खासी रकम लगाई थी
घड़ी, अँगूठी व सूट के
दस लाख नकद भिजवा दिये थे,
बाकी परिवार के गिफ्ट
उनके मन मुताबिक ला दिए थे।
डायमण्ड के
चार बड़े सैट चढ़ाए थे,
हनीमून तक के टिकट
हमने
बुक कराये थे।
बच्चों को खुली छूट थी
चाहे
किसी भी कन्टरी में घूमने जाइए,

आपको तो पता है
भाईसाहब
हमें कुछ नहीं चाहिए।

और हां-
शादी के दिन
शहर का नामी कैटर्स व
टैंट बुक करवा देना,
बुक करवाने से पहले
एक बार
हमें जरूर दिखवा देना।

क्योंकि
जयमाल करवाने के आजकल
एक से एक
बेहतरीन तरीके होते हैं,
बिना ऑर्केस्ट्रा
बड़े-बड़े पंडाल फीके होते हैं।

खाने में
हर प्रकार का व्यंजन रखवा देना।
फेरों से लेके
विदाई तक सारा इन्तजाम करवा देना
और हां
पार्किंग बैलट वाली ठीक रहेगी,

सेवन सीटर
कोई भी गाड़ी
किसी भी कम्पनी की चलेगी।
आखिर
कौन नहीं चाहता हमारी बेटी खुश रहे
इसलिए
आप भी ये जरूरी रस्में निभाईए,
अब बार-बार क्या कहूँ
आपको तो पता है
भाईसाहब
हमें कुछ नहीं चाहिए।

वैसे भी
खानदानी लोग
जितना कहते हैं उससे अधिक लगा देते हैं,
कुछ तो
इतने भले होते हैं
जो बाद में एफ.डी. तक करवा देते हैं।
आखिर
रिश्तेदार ही तो रिश्तेदार का सहारा है,
जो आज तुम्हारा है
कल हमारा है।
इसलिए
दिल पर किसी प्रकार का
बोझ मत लाइए,

आप को तो पता है
भाईसाहब
हमें कुछ नहीं चाहिए।

अनायास ही
लड़की का पिता बोल उठा-
यूँ
अपने पन की बातें करके
हमें
और मत रूलाईए,
हमें
अच्छी तरह पता चल चुका है
भाईसाहब
कि आपको
कुछ नहीं चाहिए।

पर एक
बेटी का बाप
हमेशा यही चाहता है
बेशक!
उसकी जीवन भर की कमाई खप जाए,
पर
कोई दहेज का लोभी
उसकी बिटिया को ना सताए।
क्योंकि

जन्म से लेकर मृत्यु तक
हर पहलु पर
नारी को
दुतकारने लगे हैं लोग,
अरे
इसलिए तो बेटियों को
गर्भ में मारने लगे हैं लोग।

आइए मित्रों!
मेरे साथ एक संकल्प उठाएं,
बेटियों को बचाएं
बेटियों को पढ़ाएं।
धरा पर
जन्म लेने वाली
हर बेटी को इस लायक बनाइए,
ताकि
कोई दहेज का लोभी
सब कुछ माँग कर भी
ये ना कह सके कि
आपको तो पता है
भाईसाहब
हमें कुछ नहीं चाहिए।

❖❖❖

23.

दुःखी हास्य कवि सम्मेलन

एक आयोजक ने
विराट दुःखी कवि सम्मेलन कराया,
देश के सर्वाधिक
मनहूस कवियों को बुलाया।
संचालन उसे सौंपा
जो सबसे
गंभीर व उदास था
यूं समझ लो खड़ा नाश था।

आते ही बोला-
अपने जीवन की
सबसे निकृष्ट पंक्तियाँ रखता हूँ,
शुरुआत से ही
प्रोग्राम की ऐसी-तैसी करता हूँ।

चलिए!
सबसे पहले
कवियों का
एक दुःखदायी परिचय करवा दूँ,

ताकि हमेशा के लिए
ये प्रोग्राम बन्द करवा दूँ।

मंच के बाईं ओर
भाई निर्भाग निशंक हैं,
जो कवि समाज के लिए
बहुत बड़े कलंक हैं।
दर्द को निचोड़ के रख देते हैं,
मात्र 500 रुपये के लिए
प्रोग्राम छोड़ देते हैं।
बहुत ही अविश्वाशी कवि हैं
एक नम्बर के
सत्यानाशी कवि हैं।

कई संस्थाओं से
अपमानित हो चुके हैं,
अनेकों बार लात और घूसों से
सम्मानित हो चुके हैं।
ना जाने
कितनी ग़जलों के
रदीफ काफिए बिगाड़ चुके हैं
जमे-जमाये
कई मंच उखाड़ चुके हैं।

इनके बराबर में
जो मोहतरमा धरी हैं,
वो बहन सलमा सिरफिरी हैं।
हमारे बीच
पिछली गली से
बैट्री रिक्शा से चलकर आई हैं,
मेरे ख्याल से
कई दिनों में
आज नहाई हैं।
साहित्य पर कभी कोई चर्चा नहीं करती,
मेकप पर
एक पैसा भी खर्चा नहीं करती।
माशा-अल्लाह!
जितना बुरा दिखती हैं,
उससे कहीं ज्यादा बुरा लिखती हैं।
इसलिए
बाईं आँख से कानी है
इंशा-अल्लाह!
गीतों की महारानी है।

इनके साथ में जो बैठे हैं
भाई जलील जलालाबादी हैं,
अगले महीने
इनकी चौथी शादी है।

हालांकि
बुझते हुए चिराग हैं,
पर ओज के कवियों में
सी.एन.जी. की आग हैं।
दो पंक्तियों में ही
श्रोताओं को झुलसा देते हैं,
चौथी पंक्ति तक तो
बीड़ी सुलगा देते हैं।
इनके प्रोग्राम में
लोग दूर-दूर से
उबासी लेने आते हैं,
कई बार तो
घूंसों से शाबाशी देने आते हैं।

अगले कवि
भाई भयंकर भुक्खड़ हैं,
इनकी जान को
भूख का सबसे बड़ा संकट है।
बहुत ही ऊबाऊ कवि हैं,
एक नवम्बर के
खाऊ कवि हैं।
इन्होंने
माँ पर सैकड़ों पुस्तकें लिखी हैं,

इनकी पुस्तकों से
इनकी माँ भी दुःखी है।

इनके बराबर में
बहन मीना मनचली है,
जो आज तक
किसी मंच पे भी नहीं चली है।
बहुत मना करने के बाद भी
आज हमारे बीच आई है,
बहुत ही बेशरम लुगाई है।
हमेशा
ईलायची व सौंफ की
मुट्ठी भर लेती है,
पता नहीं कब
आयोजक से सैटिंग कर लेती है।
हालाँकि
जहाँ भी
इन्होंने कोई रचना सुनाई है,
वहाँ आजतक
दोबारा नहीं बुलवाई है।

बीच में जो बैठें हैं
वो आज के अध्यक्ष हैं,

दु:खी करने में बहुत ही दक्ष हैं।
दु:ख सम्राट
परम निन्दनीय
ये भाई दुखेन्द्र दु:खी हैं,
ध्यान से देखिए
कितने
तनाव मुखी हैं।
हूट होने की अपार क्षमता रखते हैं,
लोग इन्हें
घंटों गालियाँ बकते हैं।
कवि सम्मेलनों से पहले
कान का
मैल निकालते थे,
तोते और मछलियां पालते थे।
अवसादों में
घिरे हुए कवि हैं
बहुत ही गिरे हुए कवि हैं।
परसों तो इन्होंने
हद ही उतार दी,
कविता सुना-सुना के
एक बकरी मार दी।
इनके अपमान में
एक बार

आप जोरदार तरीके से रोइए,
एक बार सब
मिलकर दुःखी होइए।

आइये दोस्तों!
पुनः माहौल को
ग़मगीन बनाते हैं
प्रोग्राम शुरू करने से पहले
मुख्य अतिथि
मिस्टर सूम-साहब को बुलाते हैं।
सूम-साहब बोले-
बहुत ही
दुःख का विषय है
कि आपने मुझे
मुख्य अतिथि के रूप में चुना,
मैंने अपनी जिंदगी में
इससे बुरा प्रोग्राम नहीं सुना।
ऐसे कार्यक्रमों से
समाज को
नई-नई टेंशनें मिलती हैं,
श्रोताओं के साथ-साथ
अतिथियों की आत्मा भी जलती है।

आमंत्रित
सभी कवियों को

मैं हृदय की गहराइयों से
गालियाँ बकता हूँ,
और ज्यादा दुःख नहीं सह सकता
इसलिए
अब चलता हूँ।

मित्रों!
दुःखी कवि सम्मेलन का तो
मात्र एक बहाना है,
मेरा उद्देश्य तो केवल
आपको हँसाना है।
क्योंकि हमें तो हर हाल में
सिर्फ मुस्कुराना है।।

❖❖❖

24.

घुड़चढ़ी

केवल संस्कारों
और पैसों की बर्बादी है,
यही तो
आजकल की शादी है।
सड़क पर खड़े लोग
घर की बेटियों को
नाचते हुए ताँक रहे थे,
ढोल-ताशे वाले
नजर छुपा के झाँक रहे थे।
सोच रहे थे
आज तो किस्मत खुल गई।
मुफ्त में ही
आईटम गर्ल देखने को मिल गई।

नोटों के साथ-साथ
घर की
इज्जत उड़ रही थी,
बारात
धीरे-धीरे आगे बढ़ रही थी।
जैसे ही बारात

थोड़ी आगे चली,
किसी के थ्रू
दूल्हे के दोस्त की
धमकी मिली।
बारात यहीं रुकेगी,
जब तक
नागिन डांस नहीं कर लूँगा
आगे नहीं बढ़ेगी।

जिन दोस्तों को आज
फ्री में पीने को मिली थी,
उन्हें
लड़के की माँ से भी
ज्यादा खुशी थी।
नशे में
आज वो खूब नोट उड़ायेगे,
कल बैठ के रोएंगे
जब हिसाब लगाएंगे।

एक व्यक्ति
केवल बारात को आगे बढ़ा रहा था,
अपनी वैल्यू
इसी तरीके से बता रहा था।

गेट पर
दूल्हे को
उतारने का समय आ गया था,
अपनी शेखियाँ
बघारने का
समय आ गया था।
कोई गोविन्दा की तरह
स्टेप दिखा रहा था,
कोई ना चाहते हुए भी
नोट उड़ा रहा था।
कोई दूल्हे को
खुशियाँ दिखाकर
झूम रहा था,
कोई गेट पे
खड़ी कन्याओं में
अपनी दुल्हन ढूंढ रहा था।

पंडाल के भीतर
कुछ रिश्तेदार फुसफुसा रहे थे,
शादी में हुई कमियों को गिनवा रहे थे।
हर व्यक्ति को
खाना बर्बाद करने की
पूरी छूट थी,
हर तरफ पैसों की खुली लूट थी।

बहुत से लोग तो केवल
अपनी हैसियत दिखाने के लिए
जुटाए गए थे,
और कुछ
औपचारिकता के लिए बुलाए गए थे।

कुछ मिज़ाजी लोग
मौके की तलाश में घूम रहे थे,
कुछ पंचायती लोग
चौके की तलाश में घूम रहे थे।

एक व्यक्ति
अभी भी नाराज था,
बाद में पता चला
वह घर का दामाद था।
लड़की की माँ
विशेष लोगों को
लिफाफे दिलवा रही थी,
जैसे अपना कोई पुराना
कर्ज चुका रही थी।

वैसे तो
पंडाल में फूलों की
भरपूर सजावट थी,

किन्तु चेहरों पर
हंसी की झूठी बनावट थी।
पता नहीं
औपचारिकताएं अधिक थी
या चाव अधिक था,
खुशियाँ ज्यादा थी
या तनाव अधिक था।

चलो खैर!
लड़का ब्याह दिया,
लोगों को
स्टेटस भी दिखा दिया।
भले ही
एक रात में करोड़ों उड़ा दिया।।

कुछ सम्बन्धों में
दरारे पड़ गई,
कुछ की तबियत बिगड़ गई
कुछ लोग
शानो-शौकत देख के चिढ़ गए,
और कुछ
खामख्वाह ही बिगड़ गए।
इतनी सारी खुशियाँ
एक रात में ही सिमट गई,

जैसे-तैसे
शादी निपट गई।

किन्तु मित्रों!
शादी जोड़ने का काम है
तोड़ने का नहीं,
प्यार बढ़ाने का नाम है
छोड़ने का नहीं।

जीवन में हमेशा
अन्न देवता का मान करो,
जो लोग अपने हैं
उनका दिल से सम्मान करो।
जब सभी की
आशीषें मिलती हैं
तभी ये जोड़ियाँ फलती हैं।

शादी जैसे उत्सव को
बोझ मत बनाइये,
उम्र भर
कमाई हुई रिश्तों की पूंजी को
एक रात में मत लुटाइए।

❖❖❖

25.

कवि का किडनैप

हमने आपके
पति का किडनैप कर लिया
अचानक फोन आया,
बहुत महँगा पड़ेगा,
यदि आपने कल तक
28 हजार तीन सौ 44 रुपया
नहीं भिजवाया।

पत्नी बोली-
शर्म करो,
एक राष्ट्रीय कवि की कीमत
इतनी कम बताते हो,
आईडिया न हो
तो सड़कों से
ऐसी चीजें क्यों उठाते हो।

वो बोला-
मैम
कई विभागों से जचँवाया है,

तब जा के
यह एमाउन्ट आया है।
आप कहते हो
पैसे थोड़े हैं,
यह तो तब है
जब इसमें टैक्सी के पैसे भी जोड़े हैं।

पत्नी को
तुरन्त एक आइडिया आया,
उसने अपरहरणकर्ता को
घबराते हुए बताया।
बोली-
इनसे जल्दी-जल्दी
आठ दस कविताएं सुन लो
वरना
इनकी तबियत बिगड़ जाएगी,
खामख्वाह
आपकी समस्या बढ़ जाएगी।

इतना सुनते ही
बॉस ने तुरंत
कवि को बुलवा लिया,
कवि ने भी
मौके का फायदा उठा लिया।

बॉस को
आठ घण्टे का
अखण्ड काव्य पाठ सुना दिया।।

सुनते ही
बॉस का दिल बुरी तरह घबरा गया,
उसकी पूरी देह पर
पसीना आ गया।
वह अपना आपा खोने लगा
दहाड़े मार-मार के
रोने लगा।

बोला-
भैया
किसी तरह इस मुसीबत से
पिंड छुड़वा दो,
कुछ ले दे के
इसको इसके घर भिजवा दो।

दोस्तों!
इसे कहते हैं भारतीय नारी
जिसने
पति को मुफ्त में ही छुड़ा लिया,
हिन्दी कविता में

कितनी ताकत है,
सारी दुनिया को दिखा दिया।

तब से
ये किडनैपर कवियों से
बहुत घबराते हैं,
कवि सम्मेलन का पंडाल देखकर
दूर से ही भाग जाते हैं।

इन्हें पता है
हाथ कुछ भी नहीं आएगा,
बल्कि
घर भिजवाने का
खर्चा और लग जाएगा।

इसलिए तो
कहते हैं
कलम से तो
सरकारें भी घबराती हैं,
जो काम तलवार नहीं कर पाती
वह
कलम कर जाती है।

❖❖❖

26.

भूकंप का झटका

पिछले दिनों
बहुत जोर से भूकंप आया,
पत्नी को
पता ही नहीं चल पाया।

मैं पूजा पर बैठे-बैठे
जोर से हिल गया,
पत्नी ने हिलते हुए देखा तो समझा
इन्हें आज भगवान मिल गया।

मैंने ज्यों ही-
पत्नी को भूकंप की बात बताई,
उसने सबसे पहले
पाऊडर और लिपस्टिक लगाई।
बोली-
बिना मेकप बाहर नहीं जाऊँगी,
इस कन्डीशन में मर गई
तो भगवान को
क्या मुँह दिखाऊँगी।

उधर पड़ोस में
अरोड़ा जी कमोड पर बैठे-बैठे
बहुत घबरा रहे थे,
"ओ दुनिया के रखवाले" गीत गा रहे थे।

दरअसल उन्हें
कब्ज की भयंकर शिकायत थी,
इस हाल में बाथरूम से बाहर निकलना
बहुत बड़ी मुसीबत थी।

तभी अचानक
भूकंप का एक और झटका आ गया,
इस झटके से
अरोड़ा जी का रुका हुआ
अटका भी आ गया।

तब से
अरोड़ा जी यही सोच रहे कि
जीवन में हर घटना के
अलग-अलग कायदे हैं,
जिन घटनाओं से
लोग घबराते हैं
वास्तव में
उनके अपने भी बहुत फायदे हैं।

❖❖❖

27.

कानून सब देखता है

सच को झूठ
और झूठ को सच बना देते हैं,
कुछ काले कोट वाले लोग
बड़े-बड़े गुनाह छिपा देते हैं।

निर्दोष होकर भी
यदि
आपके पास
सुबूत और गवाह नहीं होते,
तो जनाब!
आप बेगुनाह नहीं होते।

बेशक!
कितनी भी घिनौनी करतूत कर लो,
बचना है
तो सिर्फ एक वकील
मजबूत कर लो।

वैसे आजकल
रिश्वत और सिफारिश ही

सबसे बड़े गवाह हैं,
फिर चाहे बलात्कार करो या कत्ल
कानून की
किसको परवाह है?

कानून अंधा नहीं है साहब
उसे सब दिखता है,
वकील हो या गवाह
यहाँ सब कुछ बिकता है।

इंसाफ माँगते-माँगते
जब बाप मर जाएगा,
तो फिर
उसका बेटा लाईन में लग जाएगा।
उधर
वकील का बेटा भी तो
उसी केस से
अपना घर चलाएगा।।

कानून के हाथों
बेबस हुए लोगों की आँख से
आज भी आँसू बरसते हैं,
वर्षों बीत जाने के बाद भी

लोग
एक न्याय के लिए तरसते हैं।

सत्तर साल बाद भी
हम जहाँ थे वहीं खड़े हैं,
कानूरी परम्पराओं के
उसी ढ्ररे पर अड़े हैं।

सरकारें बदल जाती हैं
पर नियम नहीं बदलते
घाव और अधिक गहरे हो जाते हैं
जो कभी नहीं भरते।

आज भी न्यायालयों में
करोड़ों केस लटके पड़े हैं,
लोग उसी प्रकार
न्याय की कतारों में खड़े हैं।

नेताओं को
अपनी कुर्सी की फिक्र है,
जजों को
तबादले का डर है।
आखिर वो समय कब आएगा

जब हर किसी व्यक्ति को
समय पर न्याय मिल पाएगा।

दोस्तों!
मालूम नहीं
सत्ता की ऐसी कौन सी मजबूरी है
मगर ये राम की धरती है
यहाँ समय पर
न्याय मिलना बहुत जरूरी है।
न्याय मिलना बहुत जरूरी है।

❖❖❖

28.

मकान का मुहूर्त

जब अशर्फी लाल ने
नया मकान बनवाया,
तो मुहूर्त पे
उनके मित्र का बेटा
झंडू सिंह भी आया।

मकान देखकर झंडू बोला-
इस मकान में
बस एक ही कमी है
बुरा ना मानों तो बता दूँ,
जो मुझे
खली है।

कोई ढंग का मिस्त्री बुलवा लो,
अपनी छत्त का
जीना चौड़ा करवा लो।
कल को
बड़ी मुश्किल पड़ जाएगी
यदि छत्त पे

कोई मर गया
तो अर्थी नहीं उतर पाएगी।

झंडू की इस बात पर
जब अशर्फी लाल ने
रोष जताया,
तो मकान देखने
अगले दिन
झंडू का बड़ा भाई
गट्टू सिंह आया।

गट्टू बोला-
घबरो मत अंकल
ये छत्त का जीना बिलकुल ठीक है
मेरी तो बस इतनी सीख है,
यदि एक आदमी मर गया
तो कोई दिक्कत नहीं आएगी,
यदि
चार-पाँच इकट्ठे मर गए
तो फिर परेशानी बढ़ जाएगी।

इस बार तो
अशर्फी लाल ने
भारी अफसोस जताया,

इसलिए
मकान देखने
उसका मित्र चौधरी
बिगाड़ सिंह खुद आया।
बोला–
भाई अशर्फी ये जो
आजकल के बालक हैं,
बहुत ही नालायक हैं।
इन्हें आपसदारी की
बिल्कुल तमीज नहीं है,
इनके भीतर
अपनेपन नाम की
कोई चीज नहीं है।
पूरा मुआइना करके
मैं खुद आऊँगा,
ठीक-ठीक पोजीशन मैं बताऊँगा।

अशर्फी के मन में
अभी भी भय का खटका था,
क्योंकि दोस्त भले ही उसका था
पर बाप तो
झंडू और गट्टू का था।

बिगाड़ सिंह बोला–
देख भाई अशर्फी

ना तो जीना छोटा पड़ै
ना कोई परेशानी होवैगी,
तू तो
बाहर वाला
ये आँगन बड़ा करवाले
अगर इतने लोग मर गए
तो लुगाई कठे बैठ के रौवैगी।

अशर्फी लाल ने
मारे खुशी के
मित्र को सीने से लगा लिया,
बोला–
भगवान तेरे जैसा दोस्त सबको मिले
जो आज तूने
इस समस्या का सही हल बता दिया।

❖❖❖

29.

ख़तरनाक पुस्तक

लॉकडाउन में
एक कवि ने हद कर दी,
कोरोना से भी ज्यादा
खतरनाक पुस्तक लिख दी।

हिन्दी भवन में
तुरंत एक मीटिंग बुलवाई,
कुछ ने पक्ष
कुछ ने विपक्ष में अपनी राय बताई।

एक बोला-
यार
पहले ये तो पता करो
ये गद्य है या पद्य है,
दूसरा बोला-
वैसे तो ये गद्य है
पर लेखक गा-गा सुनाता है
इसलिए
पद्य है।

भैया!
समझ नहीं आ रहा
ये गीत है, गजल है, कहानी है या
उपन्यास है,
दूसरा बोला-
कुछ नहीं भैया
ये साहित्य के नाम पे
खड़ा नाश है।

एक बोला-
हालांकि इस रचना में
कहीं कोई भाव नहीं है,
पर शब्दों का अभाव नहीं है
सारा शब्द कोश
उड़ेल रखा है,
जहाँ जगह मिली
वहीं पे अक्षर पेल रखा है।

एक विपक्षी बोला-
इस में
ना कोई रस है, ना अलंकार है,
ना ही कोई छंद है
पक्षधर बोला-
शब्दों के ऊपर वाले डंडे

साइडों में लगा दिए,
इसलिए कविता चारों तरफ से बंद है।
इसलिए
इसे डूब के पढ़ना पड़ेगा।

भैया!
पहरा खत्म होते ही
बाहर निकल जईयों
वरना
डूब के मरना पड़ेगा।

पूरी पुस्तक में
कड़वे रस का प्रयोग किया है,
जिन्दगी में पहली बार
लंगड़े छंद का उपयोग किया है।
प्रत्येक पंक्ति के बाद
भ्रान्ति मान अलंकार की भरमार है,
भाषा शैली का क्या जिक्र करें
बहुत ही शर्मसार है।

श्रृंगार रस का एक उदाहरण देंखे-
एक झील सूख गई
दूसरी में पानी है,
अर्थात्

एक आँख ठीक है
दूसरी वाली कानी है।
दूसरा उदाहरण देखें-
साँसों में आज भी खुशबू है,
ये अद्‌भुत सौन्दर्य बोध है,
जबकि
दोनों को दमें का रोग है।

वीर रस में
नई सहुलियत देखिए-
शत्रु पर कभी
बदतमीजी से मत चीखों,
जीभ खींचनी हो
तो राख की बजाए
रिंच या पलाश से खींचों।

पुस्तक में
बत्तीस पर्व व अध्याय लगभग साठ हैं
तेइस दिन का अखण्ड
जानलेवा
काव्य पाठ है।

ऐसी अद्‌भुत कृतियाँ
सदियों में निकल के आती हैं,

और आने वाली
कई पीढ़ियों की
ऐसी-तैसी कर जाती हैं।

इसकी सभी प्रतियाँ
तुरंत मँगवा लो
और गुप्त रूप से
कहीं जंगल में गड़वा दो।

इतनी गहन चर्चा सुनकर
लेखक बोला-
मुझे पता है
ये पुस्तक निराधार है,
साहित्य से भला
इसका क्या सरोकार है।
पर उन लेखकों का क्या?
जिनके भीतर चोर छिपा है
जिन्होंने हमेशा
अमौलिक ही लिखा है।

दशकों से
फुहड़ता की बैसाखियों
पे दौड़ रहे हैं,

कभी उनसे भी तो पूछिए
साहित्य को
किस दिशा की ओर मोड़ रहे हैं।

आप बिल्कुल
परेशान मत होना साहब!
मैंने स्वयं ही
इस पुस्तक को
कहीं गड़वा दिया है,
हास्य का एक मौलिक कवि हूँ
जिसने श्रोताओं को
इस बेतुकी पुस्तक पर भी
हँसवा दिया है।

❖❖❖

30.

मच्छर का ज्ञान

कल जैसे ही
एक कवि सम्मेलन में
कविता पाठ सुनाया,
एक मच्छर
कान पे भिनभिनाया।
कहने लगा-
निर्दयी
थका नहीं
पब्लिक पर इतना जुल्म ढा के
अपनी
जानलेवा कविताएँ सुना के।
मैंने भी
एक बार
तुझे सुनने का अपराध करा था,
पिछले जन्म में
तेरी कविता सुनके मरा था।
आज सारी रात
तुझसे तालियाँ बजवाऊँगा
कितनी भी कोशिश कर लियो

बच्चु
हाथ नहीं आऊँगा।

और तेरे पास
ये जो वीर रस का कवि बैठा है ना
मेरी पूरी फेमिली
खर्राटों के साथ गटक गया,
वो तो मेरी
किस्मत अच्छी थी
जो इसकी मूँछों में अटक गया।

एक कवि सम्मेलन में तो
मैंने इस
संचालक का भी खून पिया है,
भगवान कसम
उस दिन से मुझे मलेरिया है।

मैं बोला-
अबे मच्छर होकर
हमें रोब दिखाता है,
हमारा लहू पीकर हमें ही धमकाता है।

मच्छर तुनक के बोला-
देख बे

हमें हल्के में मत लियो,
और
ये बात अच्छी तरह समझ लियो।
हमारा भी
बहुत ऊँचा बायोडाटा है,
कल ही
एक कैबिनेट मंत्री को काटा है।
मैंने भी उसे
ऐसी जगह काट खाया,
साला बाथरूम में खुजा के आया।

वैसे तो
संसद में जाने से
हमारा दिल बहुत घबराता है,
यदि किसी नेता के काट लो
तो सारा दिन
सर चकराता है।

और हां
ये जो फिल्मी स्टार है ना
खामख्वाह ही
ऐंठें रहते हैं,
असली सेलेब्रिटी तो हम हैं
जो

कैटरीना और आलिया भट्ट के गालों पे
यूँ ही बैठे रहते हैं।

हमारी बिरादरी की नाक
तो ये कमबख्त
मक्खी कटवाती है,
जो बिना सोचे-समझे
कहीं भी बैठ जाती है।

हम तो जब चाहे
बीमारी की गाज गिरा देते हैं,
सी.एम. तक के
खांसी और खुजली उठवा देते है।

दोस्तों! यह ठीक है कि
हम गंदगी में जन्म लेते हैं
जाति से मच्छर हैं,
पर ये इन्सान तो
हमसे भी ज्यादा बदतर हैं।

कितने भी घिनौने कांड हो जाएँ
कोई बोलता ही नहीं है,
लगता है
इन्सानों का लहू अब खोलता ही नहीं है।

हर भ्रष्ट व्यक्ति
खुद को देश भक्त कहता है,
पर हमें तो पता है
किसकी रगों में
कौन सा खून बहता है।

खून पीना तो हमारा धर्म है
फिर भी
आप हमें सज़ा देते हैं,
पर उन ज़ालिमों का
कुछ नहीं बिगड़ता
जो बेगुनाहों का लहू
बिन बात बहा देते हैं।

हमने तो
कहीं कोई फर्क नहीं देखा
हर धर्म के लोगों का लहू चखा है,
ये भेदभाव तो केवल
इन्सानों ने कर रखा है
इन्सानों ने कर रखा है।

❖❖❖

31.

झूठी रस्म पगड़ी

कुछ दिन पहले
तकलीफ चन्द की शोकसभा थी,
सबसे अलग थी
सबसे जुदा थी।

सबसे पहले पण्डित जी ने
ॐ का पाठ किया,
तत्पश्चात
कार्यक्रम स्टार्ट किया।

बोले-
तकलीफ चंद जी
बहुत ही खूसट किस्म के इन्सान थे,
घर वाले क्या
रिश्तेदार तक
इनसे परेशान थे।
हमेशा
शान से जीते थे,
दिन में तीन-तीन बार पीते थे।

ऐबों पर
कभी चवन्नी तक नहीं खर्च की,
दारू तो दारू
बीड़ी तक माँग के पी।

अन्न का तो बहुत ही
सम्मान करते थे,
दिन में सात-आठ बार चरते थे।
सारी उम्र
बैठ के खाया,
जिसका एक बार ले लिया
वापस नहीं लौटाया।
हमेशा
पानी को बचाते थे
केवल बरसातों में नहाते थे।

भरी भीड़ में भी उनको
कोरोना नहीं हुआ,
बदबू इतनी आती थी
इसलिए कभी किसी ने नहीं छुआ।

महिलाओं को
कभी
सर उठा के नहीं देखा,

जब देखा
चुपके से गर्दन झुका के देखा।
ऐसे
महान पुरुष
सदियों में जन्म लेते हैं,
जो समाज को
इतनी तकलीफ देते हैं।
हमारे
थाने की पुलिस को
हमेशा
उनकी कमी खलेगी,
ये दुनिया उन्हें
उनकी
ओछी हरकतों के लिए याद करेगी।

ईश्वर उन्हें
अपने चरणों में स्थान देने से पहले
सौ बार सोचेगा,
मेरे ख्याल से तो पहले
जाते ही ठोकेगा।

भगवान उनके परिवार को
इस खुशी को
हजम करने की शक्ति प्रदान करें,

और
उनके दिखाए रास्ते पर चलने का
कभी ना ध्यान करें।
आए हुए सभी
सगे-संबधियों से निवेदन है
पगड़ी में कोई
पाँच हजार रुपये से ज्यादा ना दें,
ऐसे रिश्तेदार का क्या करना
जो दुःख की घड़ी में
फायदा ना दे।

दोस्तों!
इस झूठी रस्म पगड़ी के बहाने
आप को हंसा दिया,
चाहे कुछ देर ही सही
आपका ग़म भुला दिया।

क्योंकि मेरा तो ये मानना है
कि दुनिया में जीते जी
कुछ ऐसा खास हो जाए
बेशक!
ये दुनिया आँसू ना बहाए
पर आपके जाने से उदास हो जाए।

❖❖❖❖

www.ingramcontent.com/pod-product-compliance
Lightning Source LLC
La Vergne TN
LVHW060457051026
849518LV00002B/801
9789356847941